Direttore Editoriale
Giampaolo Prearo
Direttore Tecnico
Paolo Proserpio
Impaginazione
Giovanna Ravazzini

© Copyright 1976 by Pre-art Milano - Proprietà artistica e letteraria riservata

Droits pour l'édition française: Sté Nlle des
Editions du Chêne, Paris.
Imprimé en Italie
ISBN: 285108092X
Dépot Légal: 2699.

erró

CATALOGO GENERALE

pre-art

Tous les clichés numérotés reproduisent des peintures à l'huile sur toile.

SERIE: 1944 - 1950

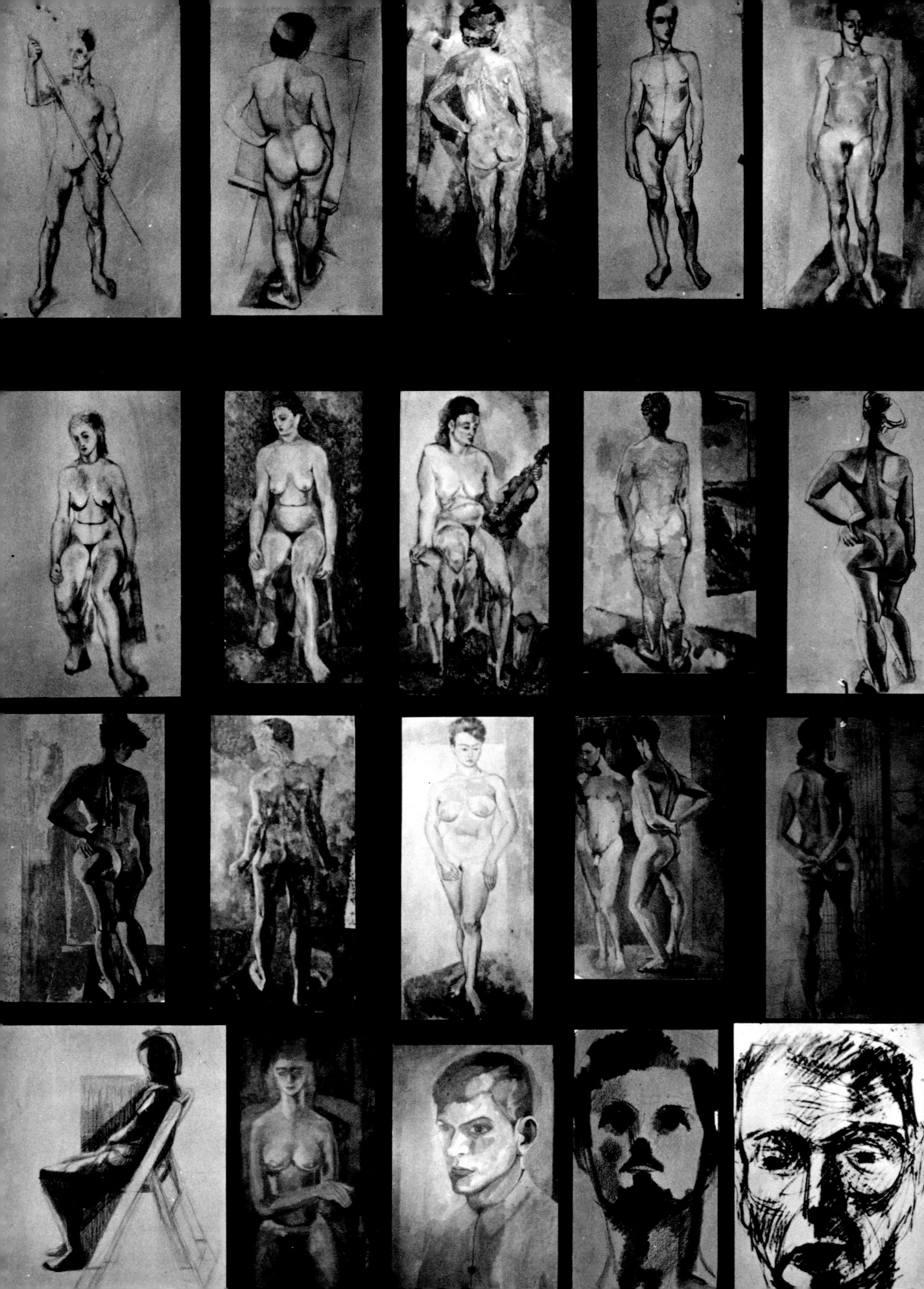

SERIE: LINOLEUM CUTS, 1950

  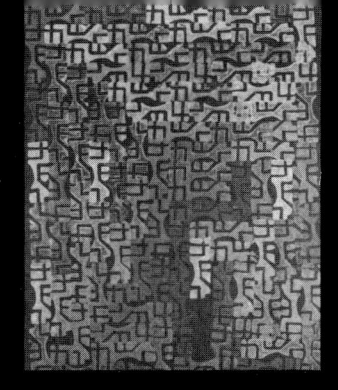 

SERIE: INK DRAWINGS, 195

 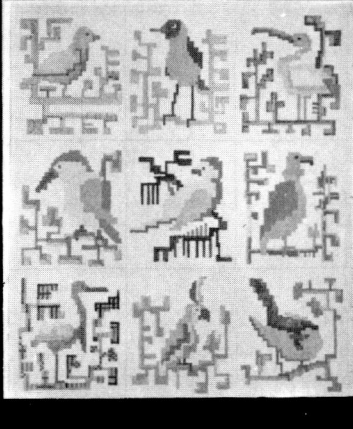  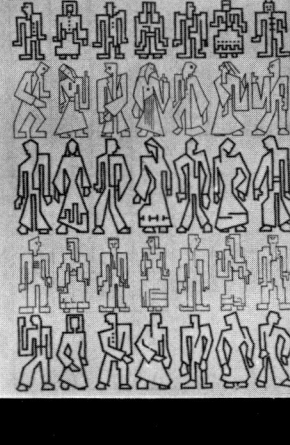

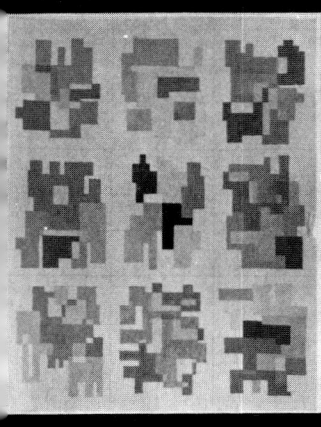   

  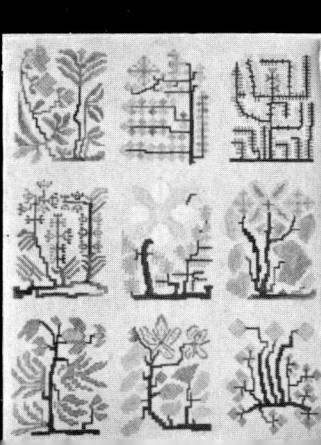 

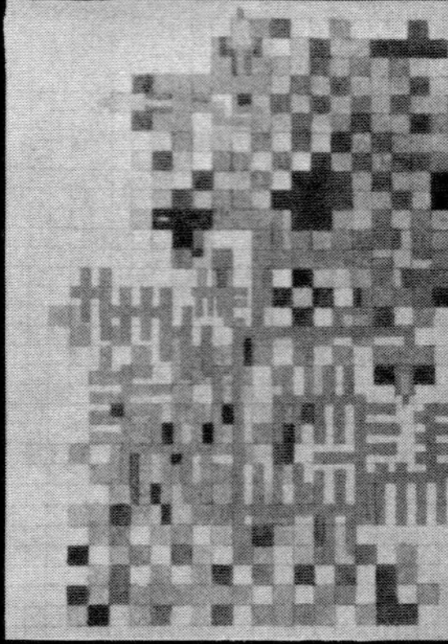

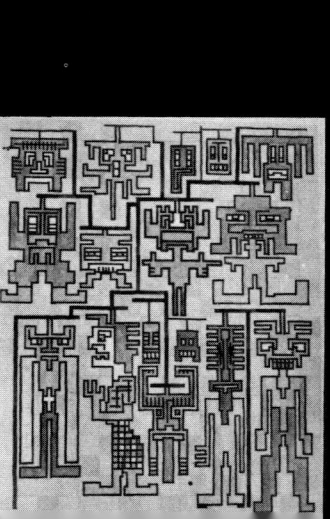
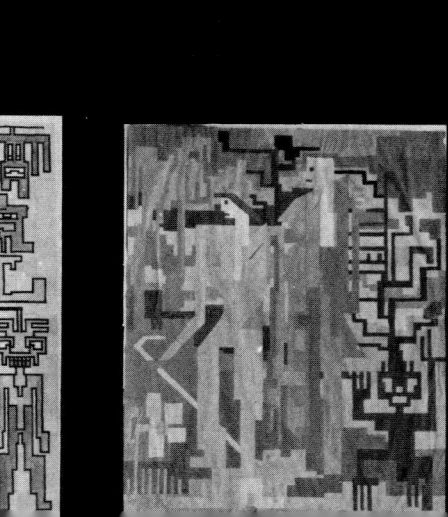

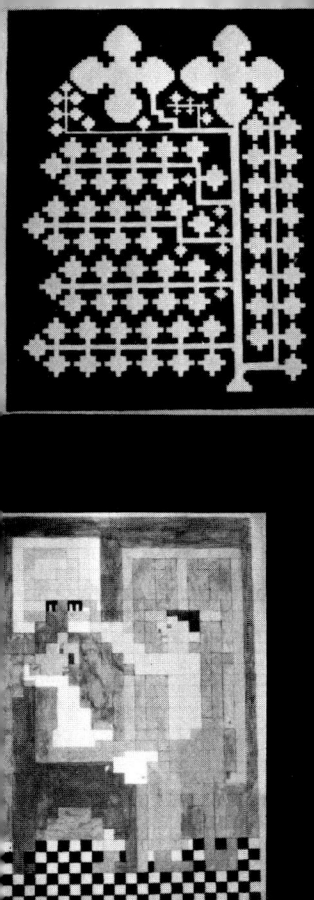
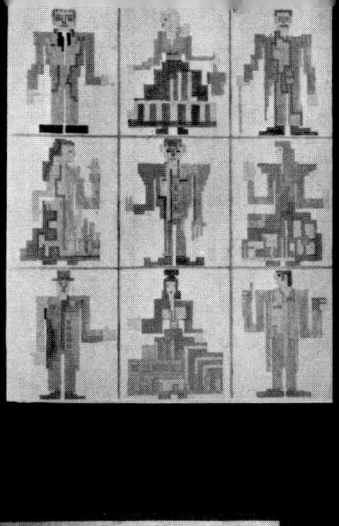

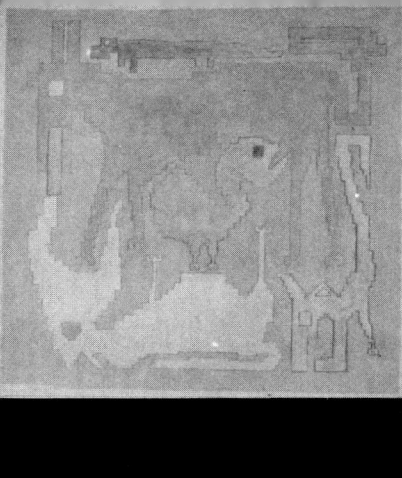
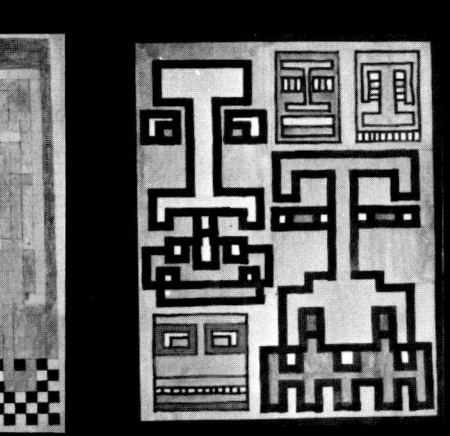

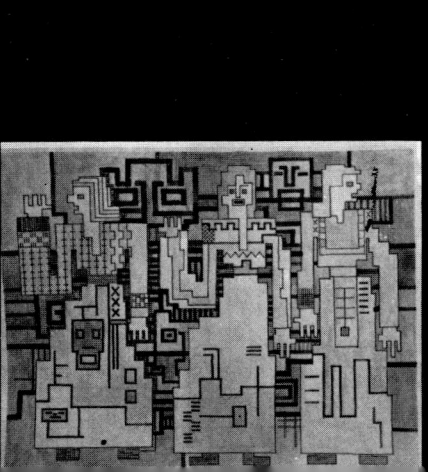
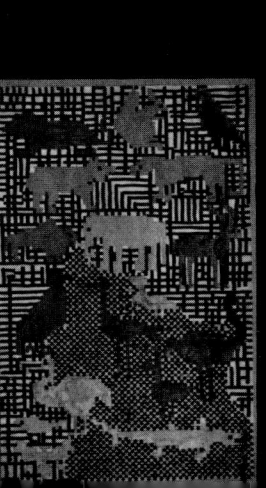

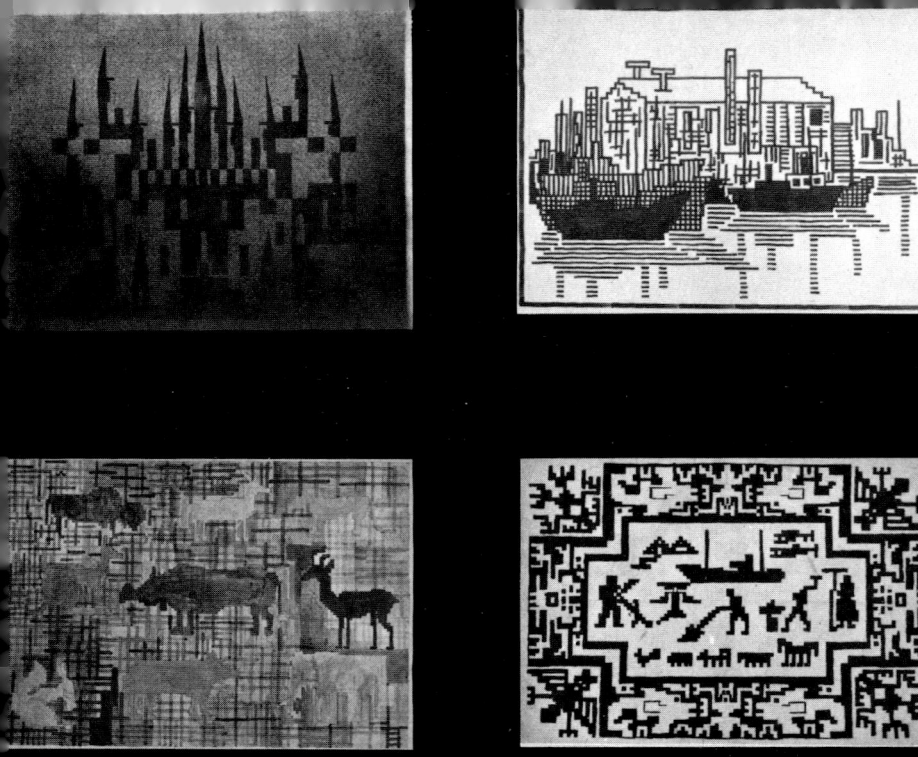

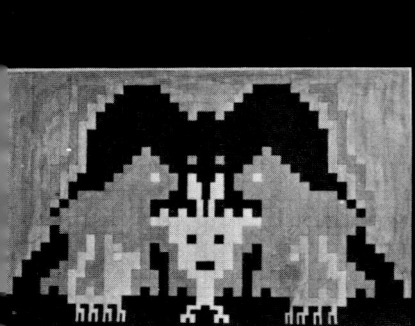

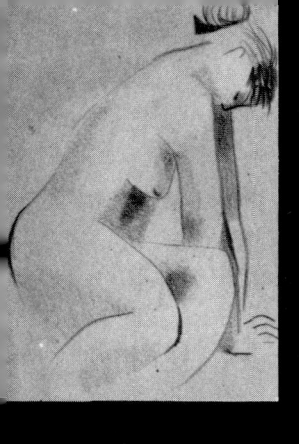   

SERIE: OSLO, 1952

 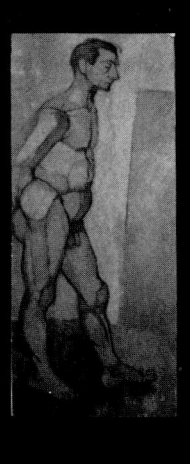   

SERIE: AFFRESCHI ACQUAFORTE, OSLO, 1952

 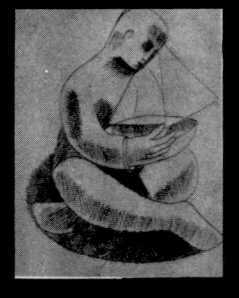 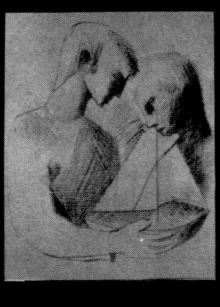   

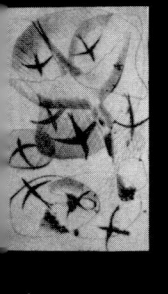  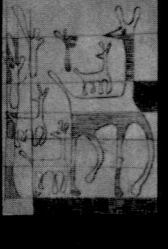   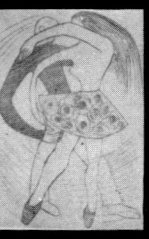 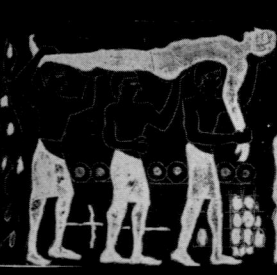

  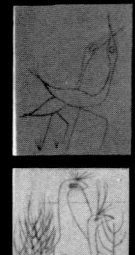 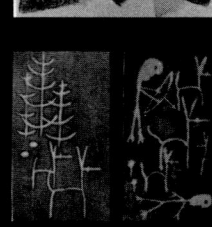 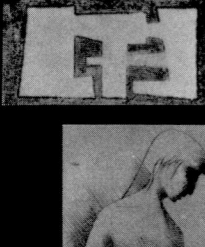 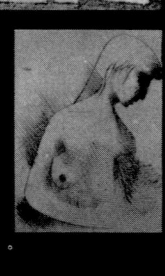 

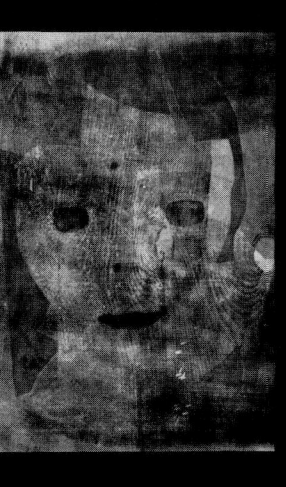

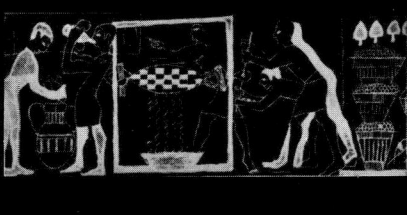

 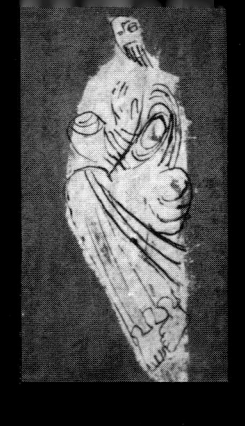  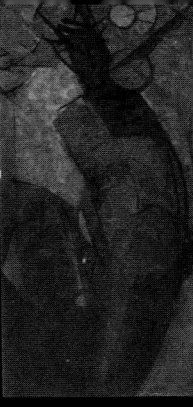

SERIE: FIRENZE, 1953

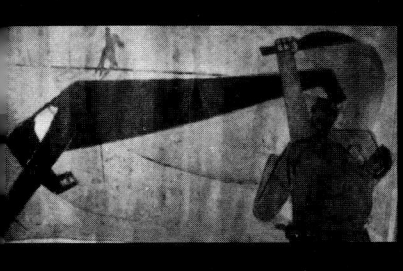 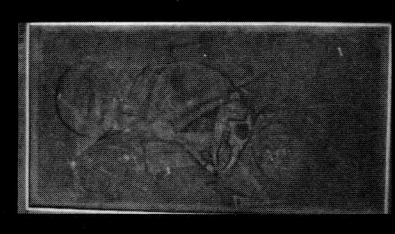 
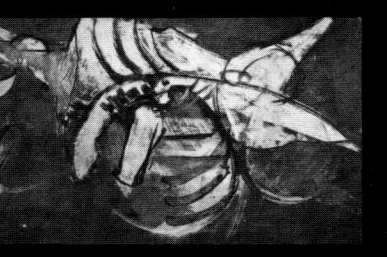 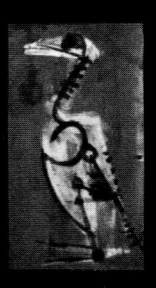 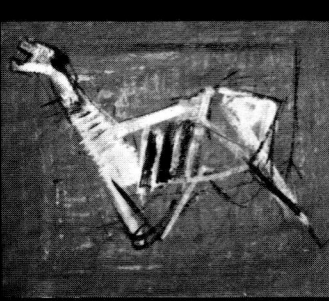 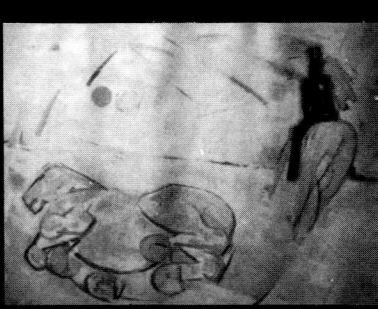
 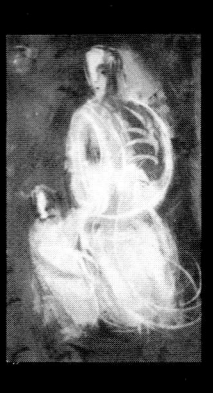  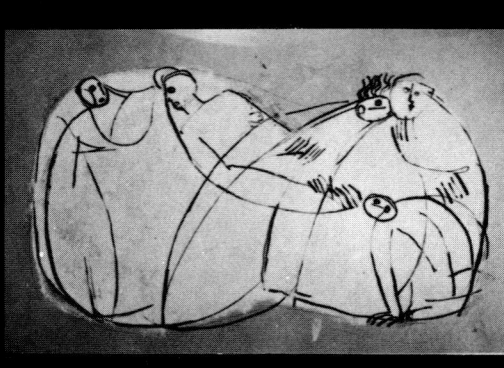
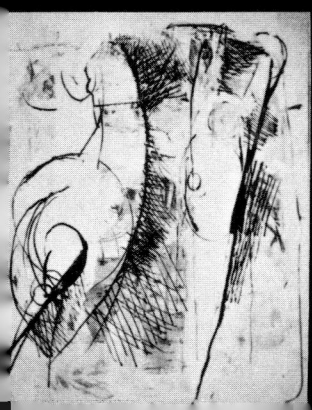    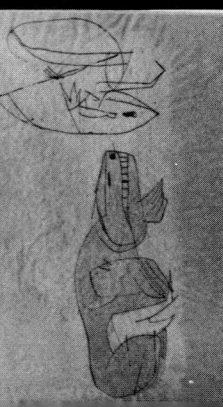

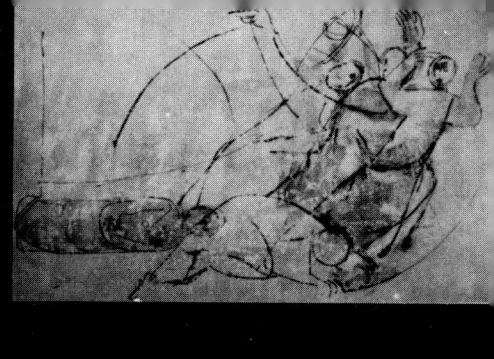

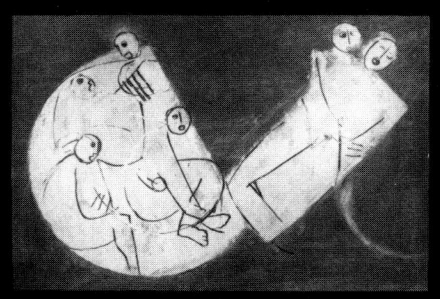

SERIE: MOSAICO, RAVENNA, 1953 - 1954

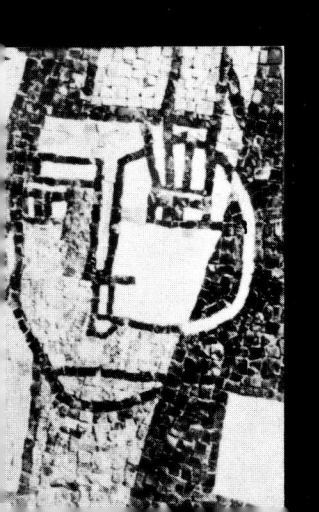

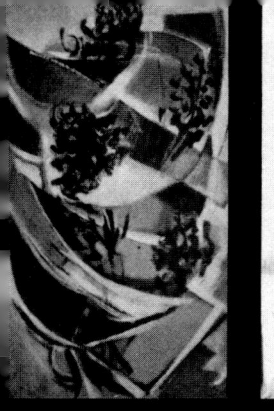     

SERIE: SOFT LANDSCAPES, FIRENZE, 1954

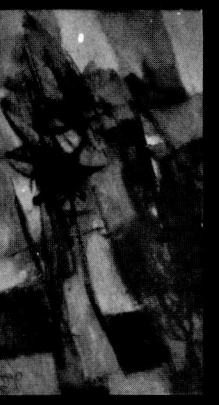  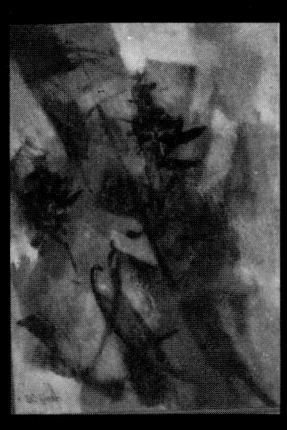 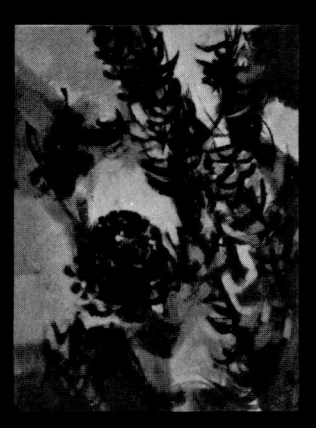 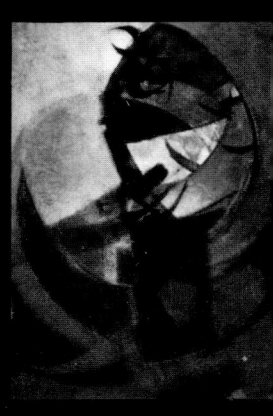

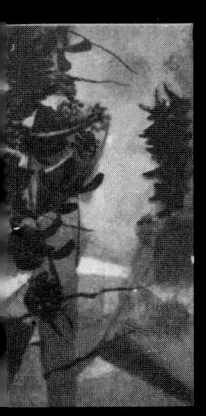   

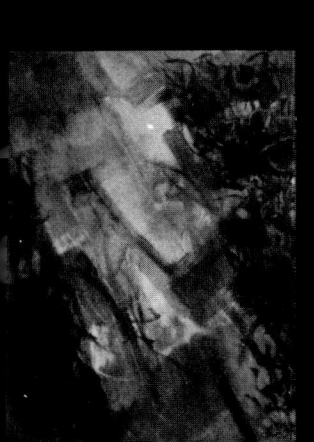 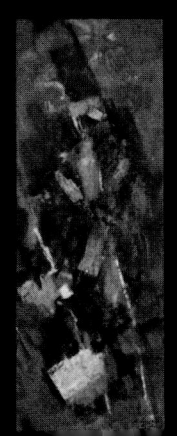   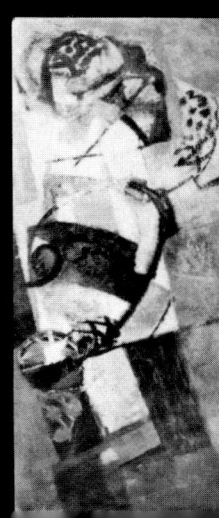

SERIE: NATURA MORTA, 1954

  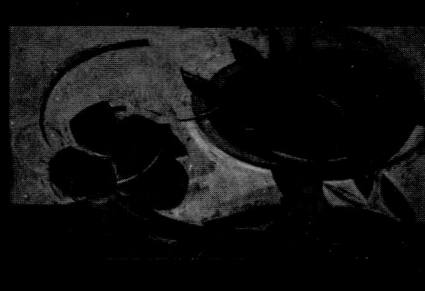

 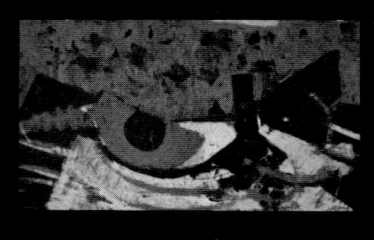 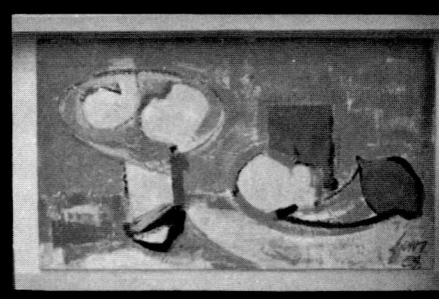

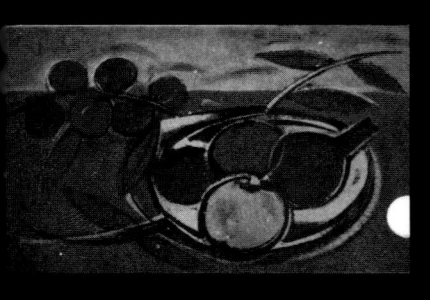 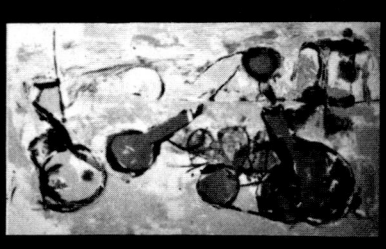 

 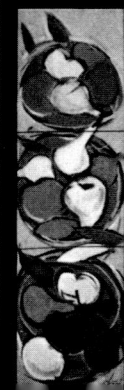 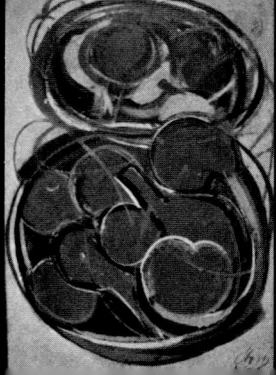  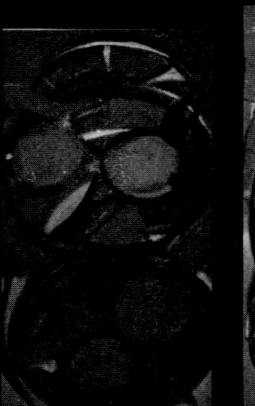 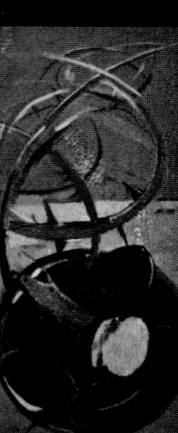

SERIE: LES CARCASSES, FIRENZE, 1955-1957

2

1

3

4

1. L'atelier (cm 100x65)
   coll. Johannesson, Reykjavik
2. Les carcasses (cm 151x225)
3. Study from Signorelli (cm 130x220)
4. La bête humaine (cm 140x200)

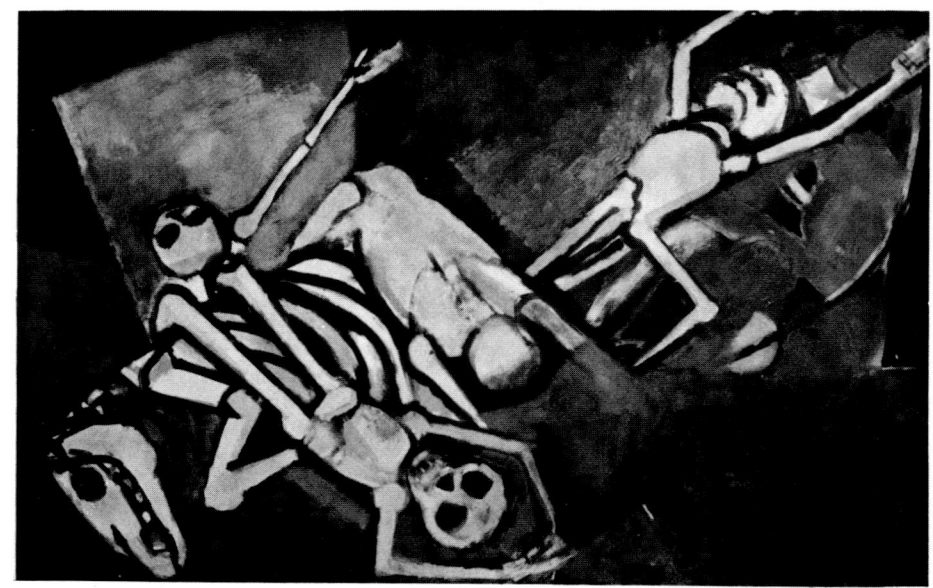
5. The fall (cm 151x227)

6. La danse macabre (cm 100x230)

7. The appointment (cm 151x227)

8. Hommes sur Rails (cm 145x200)

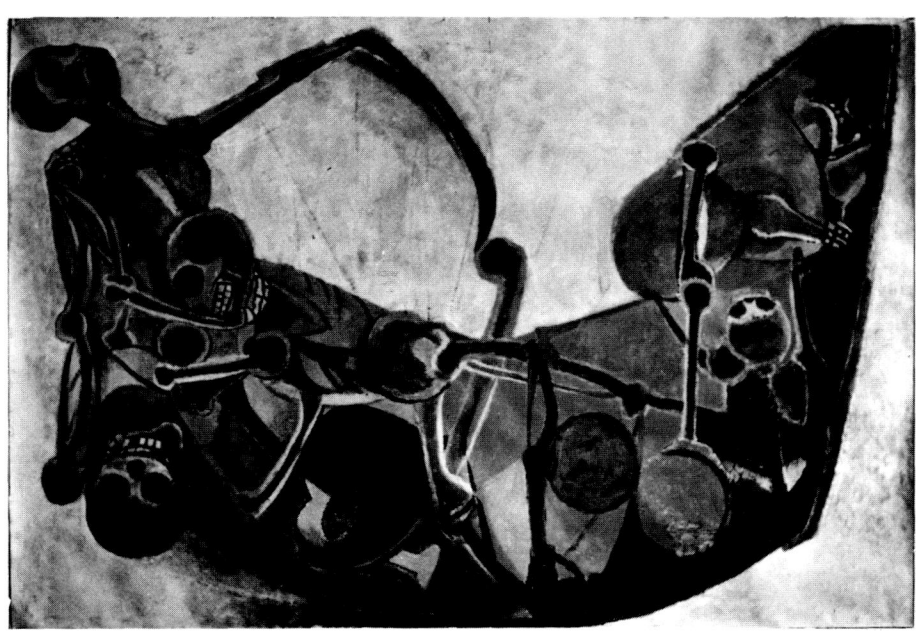
9. La faux (cm 151x227)

10. Cérémonie chamanique (cm 154x200)
coll. Sigurdsson, Reykjavik

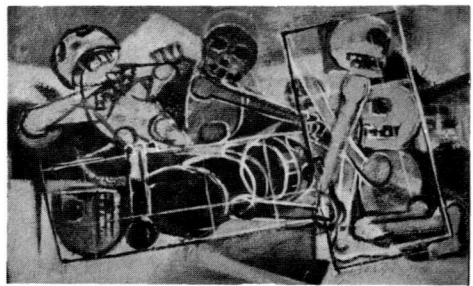
11. Les encadreurs (cm 30x80)

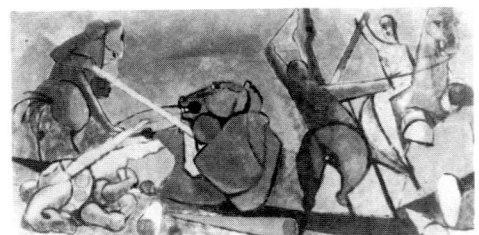
12. Small horses (cm 54x100)

13. Big horses (cm 230x600)

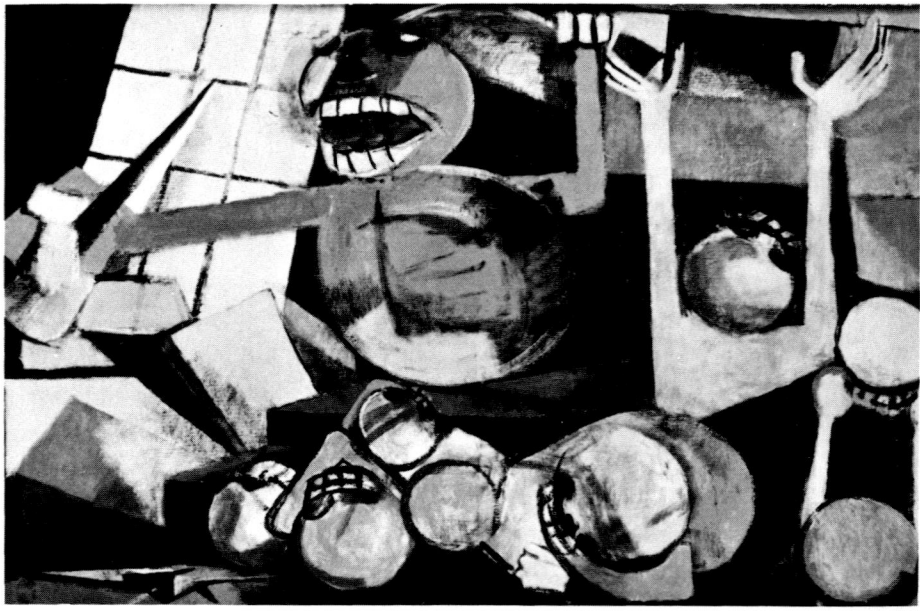
14. Orateur (cm 145x200)

15. Small bull (cm 30x55)
16. Small dictateur (cm 37x57)
17. The ballet (cm 75x100)

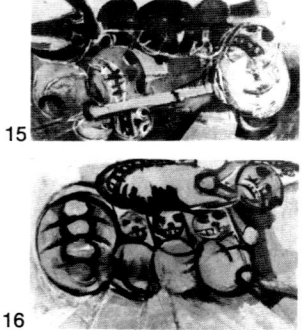
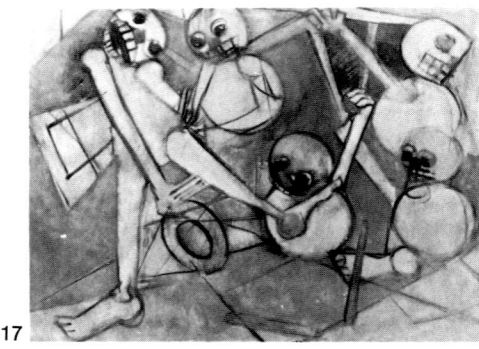

18

19

20

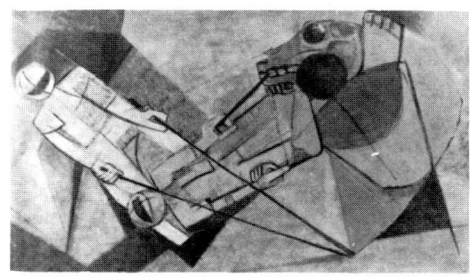

21

22

23

24

25

18. Box office (cm 75x95)
19. Frozen people (cm 100x60)
20. The sacrifice (cm 60x100)
21. Horse taming (cm 75x125)
22. The fight (cm 60x100)
23. Le vestiaire (cm 80x120)
24. The stretch (cm 70x100)
25. Electric spiders (cm 60x100)
    coll. Priv., Moscow
26. The butchers (cm 80x120)
27. Windmill (cm 25x50)

26

27

28. The devil of Pompei (cm 229x163)

29. Black bull (cm 70x130)
    coll. National Museum, Jerusalem

30. Le dictateur (cm 70x130)

31. L'insulteur rouge (cm 165x200)
    coll. Achdian, Paris

 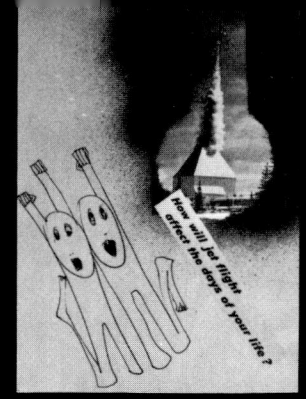  

SERIE: RADIOACTIVITY, JAFFA 1956 (cm 35x25)

 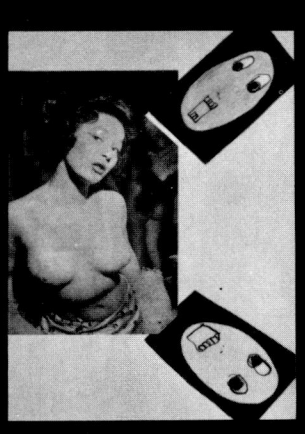  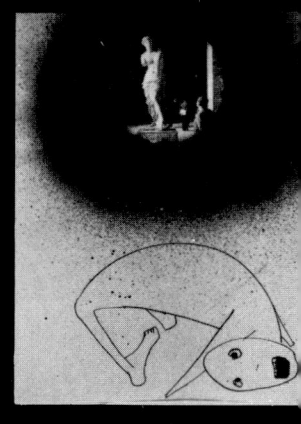

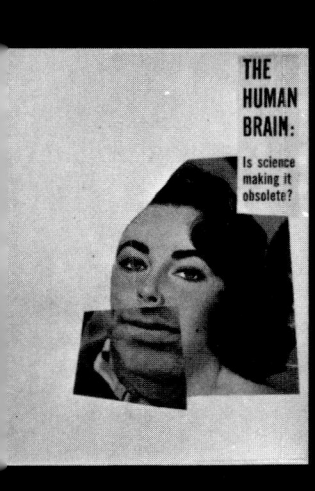 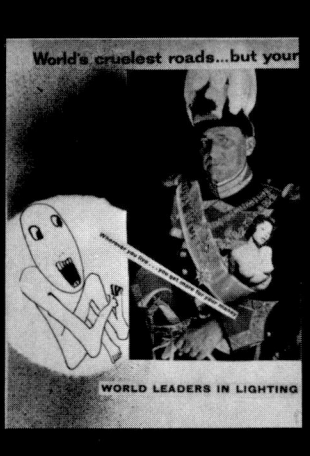 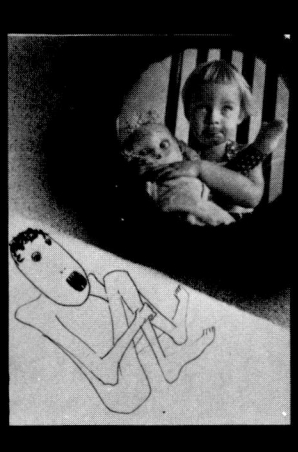 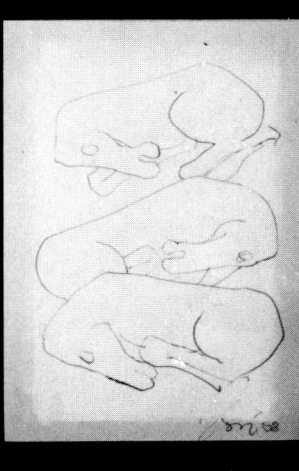

   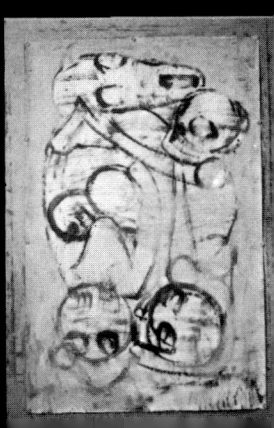

SERIE: SUR-ATOM, ICELAND, 1956
Temperas (cm 50x80)
coll. Museum. Tèl-Aviv

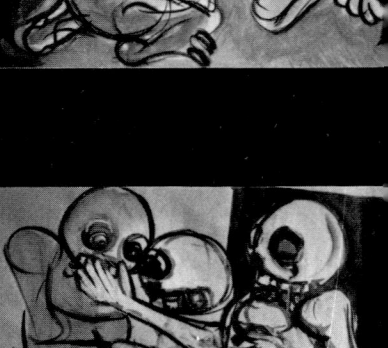

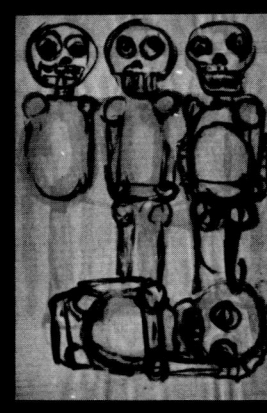
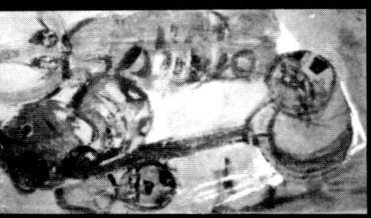

SERIE: TRANS-AGRESSION, PARIS, 1958

1. L'esprit du tigre (cm 145x200)

2. In the tornado (cm 100x200)

3. Nord du Sahara (cm 180 x 400)
   coll. Museum de la Révolution Algérienne, Alger

4. Out of orbit (cm 97x146)

5. Deux-Magots (cm 160x200)

6

7

8

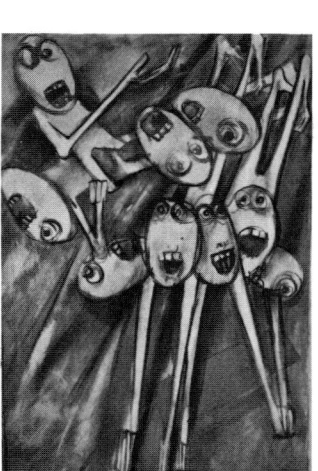

9

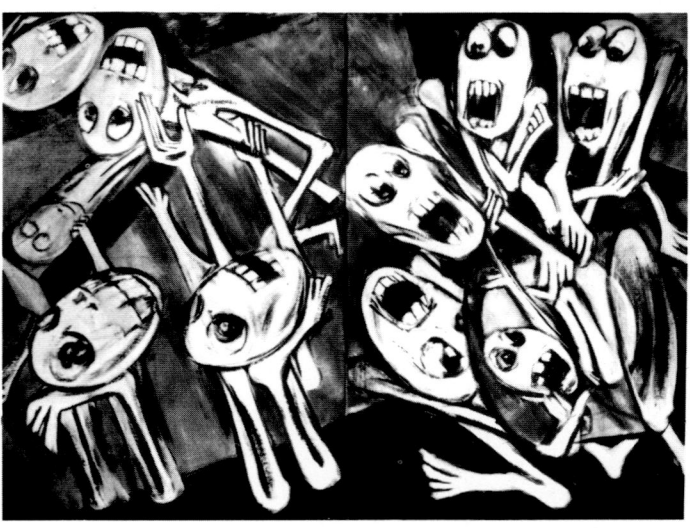

10

11

6. The spinal column (cm 140x97)
7. Acrobats (cm 147x96)
8. Two carousels (cm 80x120)
9. La descente (cm 120x80)
   coll. Arklow, Irlande
10. Save our child (cm 147x194)
11. Space flight (cm 97x146)

   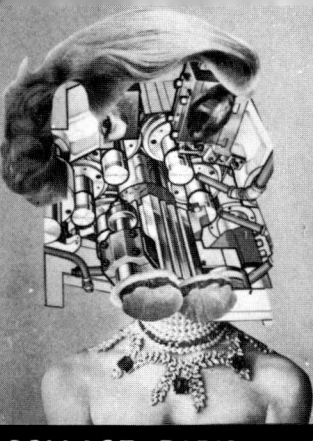

SERIE: COLLAGE, PARIS, 1958
(cm 25x32)

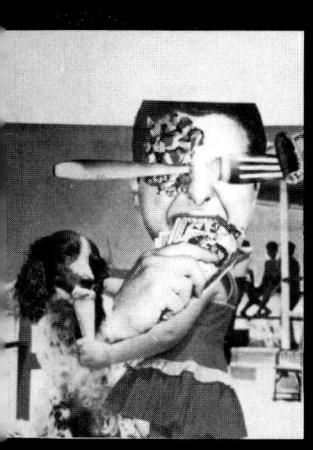   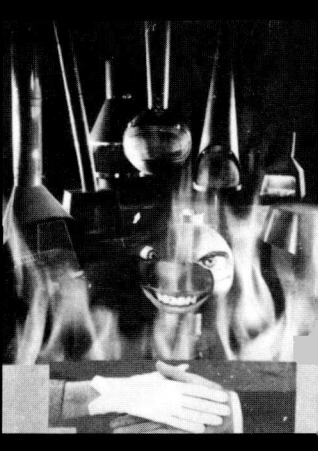

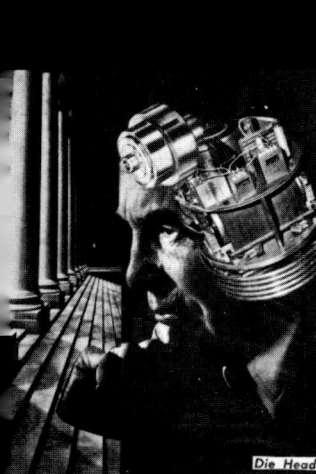 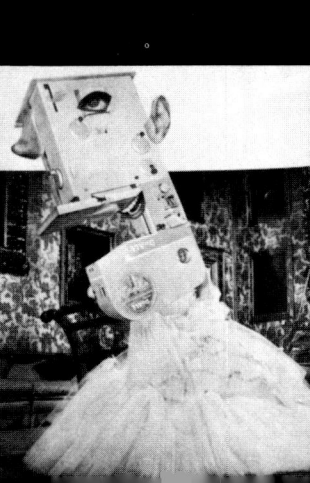  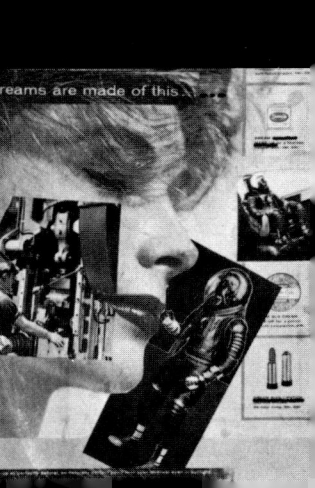

CAPITALISTS AT WORK

TRENTAMILA LIRE CONTRO UN AMORE

Sweet music for housewives
ALL FOR ONE
ONE FOR ALL

HOW THEY TOOK ALUMINIUM

SIGN OF GOOD TASTE

POUR
VIVRE EN
BONNE SANTÉ
Does your engine feel only half-there?
can I get the figures in time?

A vous Monaco...

Loves of a Sporting Prince

you can get perfect copies every time

MARIE-CLAIRE
JANVIER
LE MOIS
U BLANC

SOUP GIVES YOU
FRESH HOME-COOKED TASTE

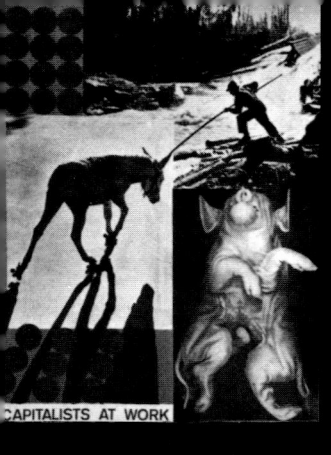

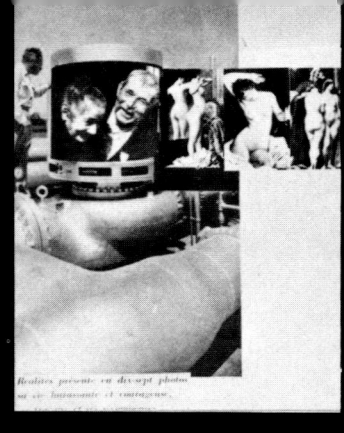

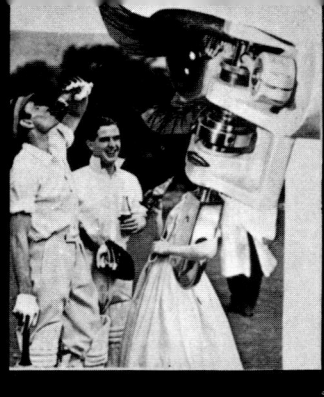

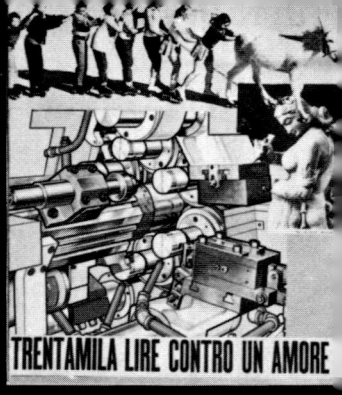

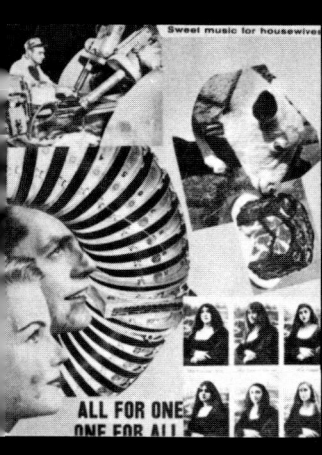

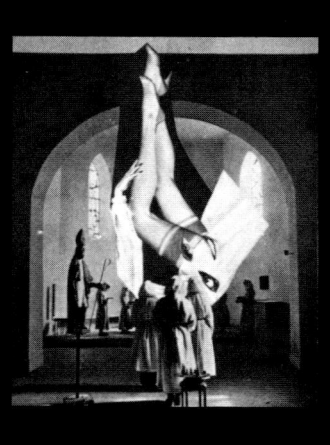

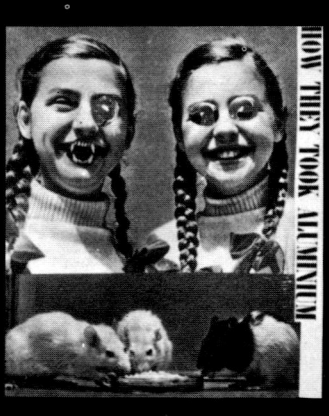

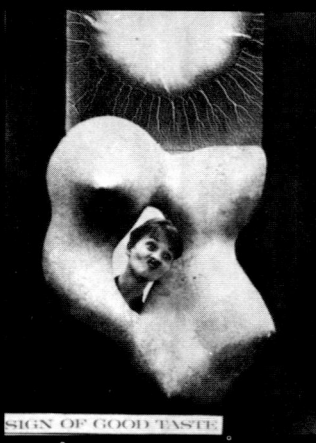

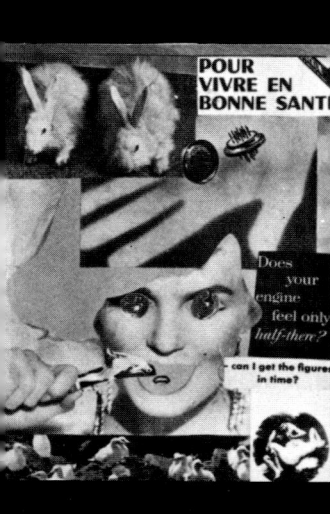

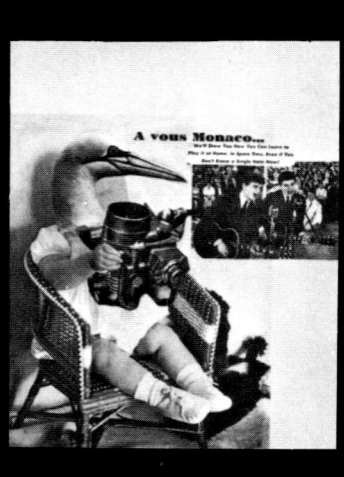

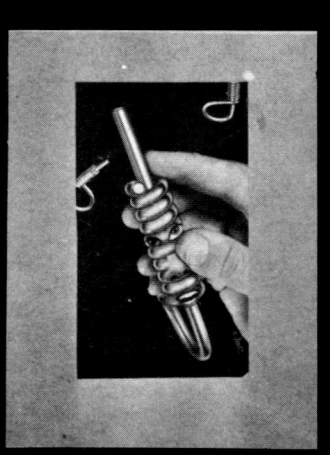

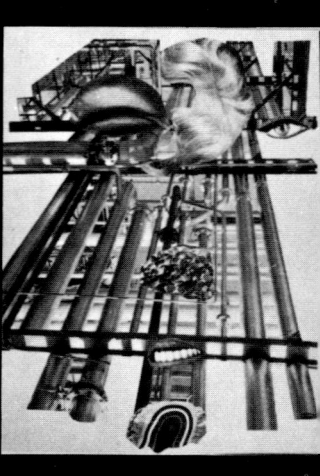

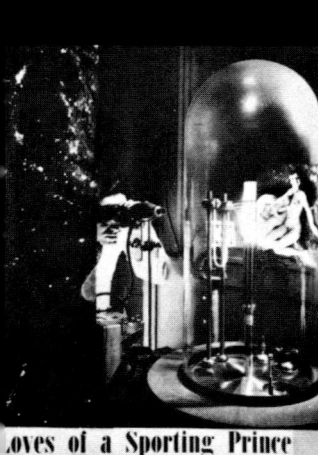

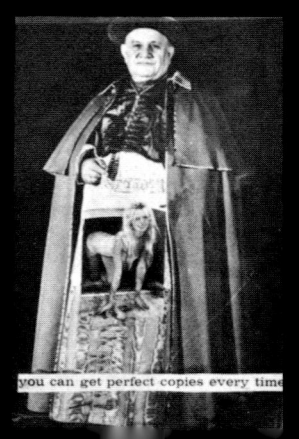

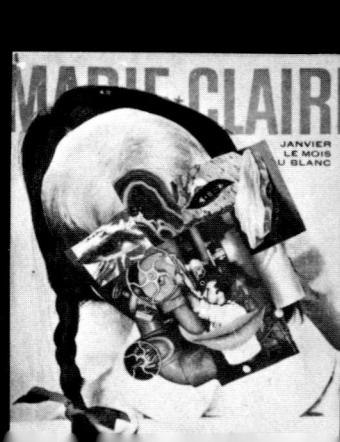

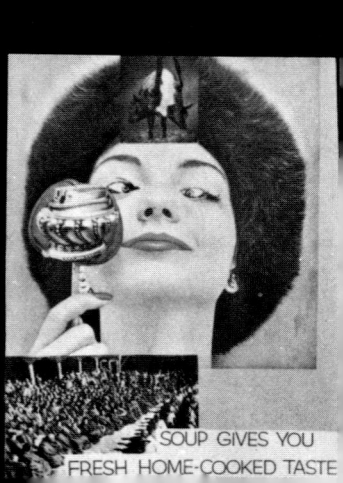

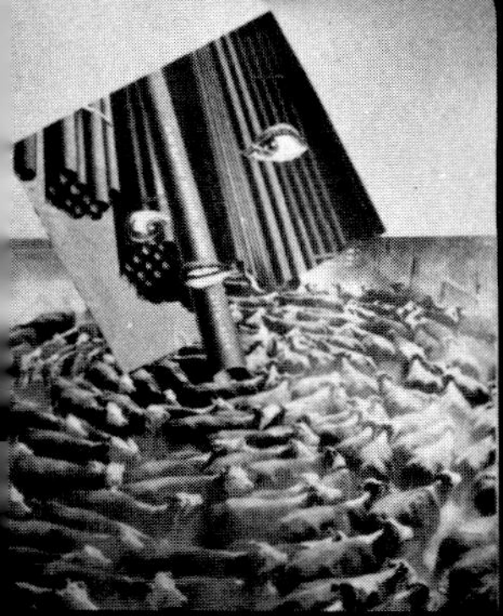

sont nés les projets américains

RULES FOR HEALTHY ROSES

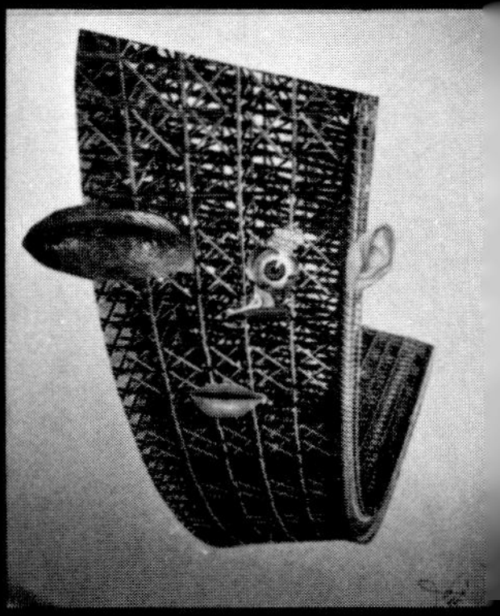

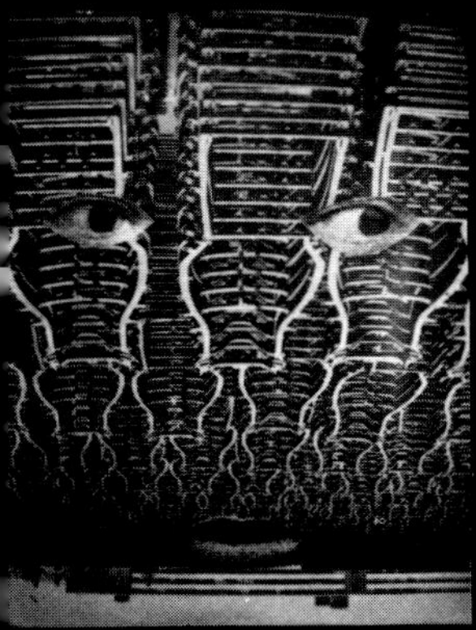

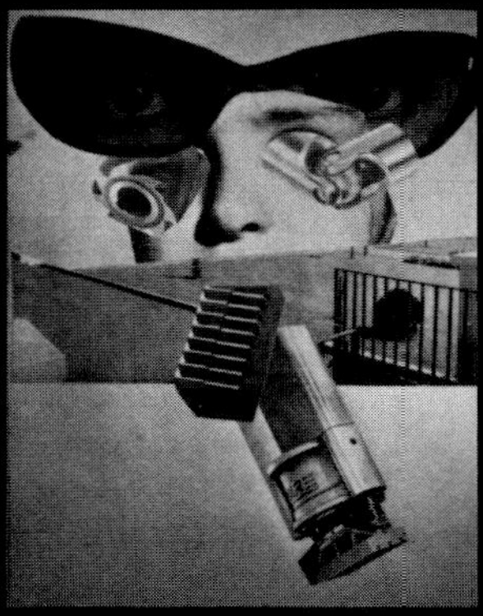

BURIED ALIVE!

Eat anything!

DREAM MAKE-UP

Check the Kind of
Body YOU
Want!

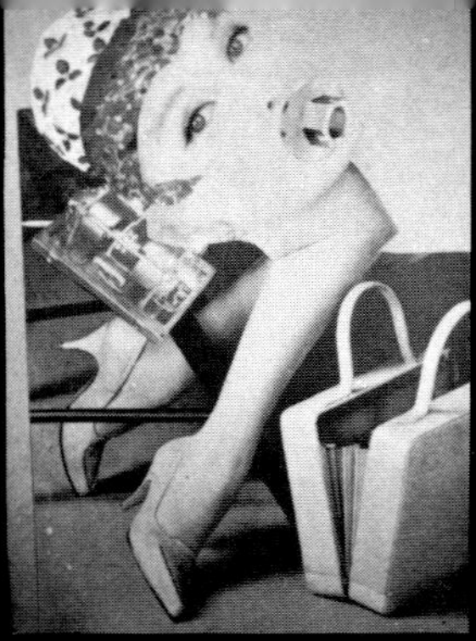

WHY ARE WE HERE
without upset stomach!
a minestra è cosi buona!

Dame di cuori e di denar

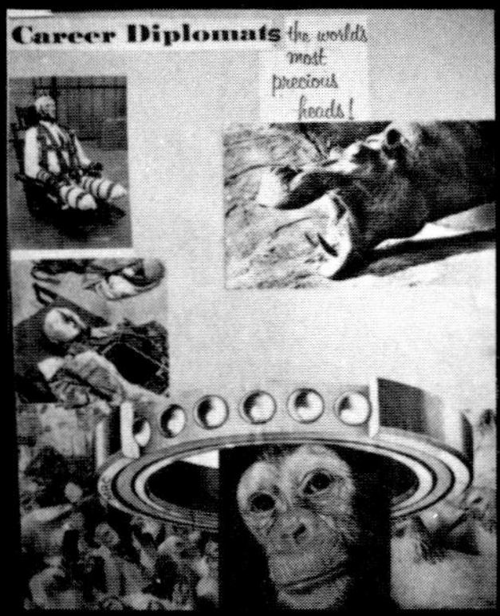
Career Diplomats
the world's most precious heads!

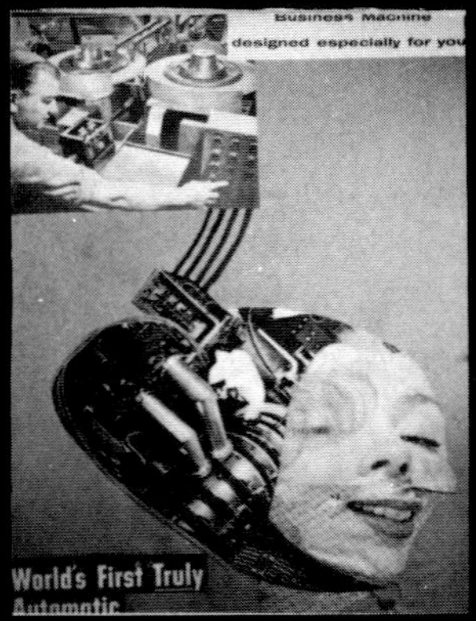
Business Machine
designed especially for you
World's First Truly
Automatic

ern equipment to help the world produce more . . .

HISTOIRE
D'UN LION

Comment sont morts les
100,000
Auto Mechanics!

Can Your Youngster
Learn a Trade
in Military Service?

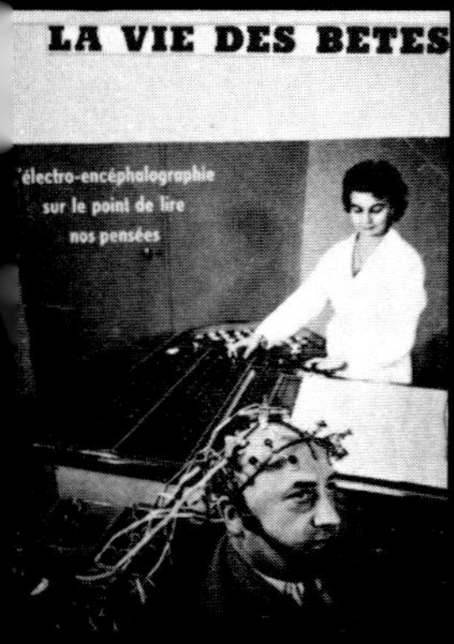
LA VIE DES BETES
électro-encéphalographie
sur le point de lire
nos pensées

So Good

per Voi il grande successo

COMMENT MESURER LA FATIGUE

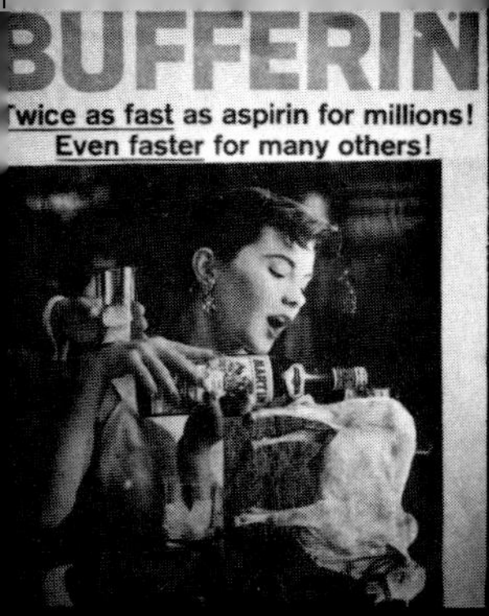
BUFFERIN
Twice as fast as aspirin for millions!
Even faster for many others!

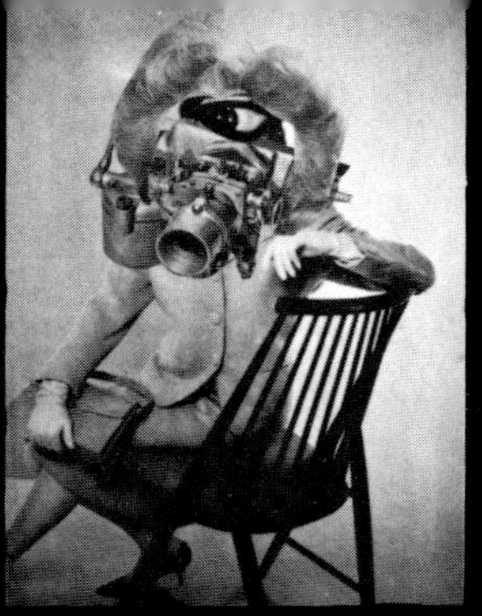

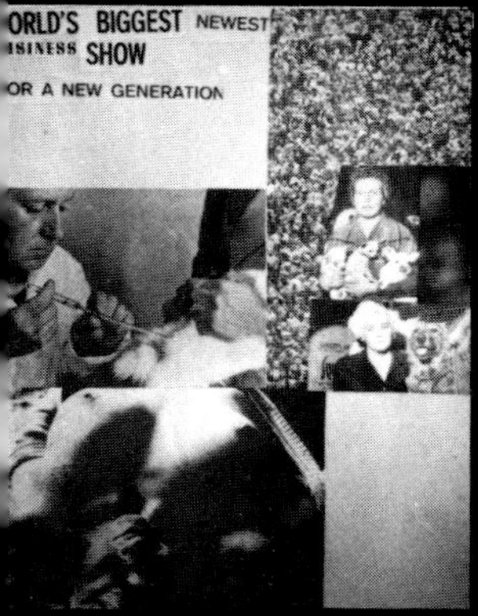
ORLD'S BIGGEST NEWEST
SHOW
OR A NEW GENERATION

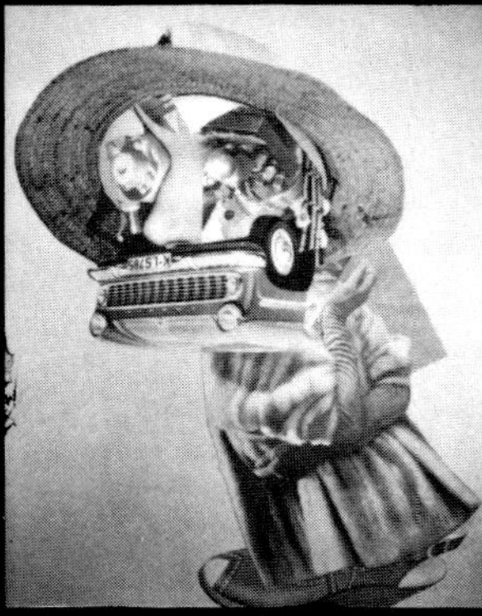

Gala Evening Garb
for Elegant Continentals

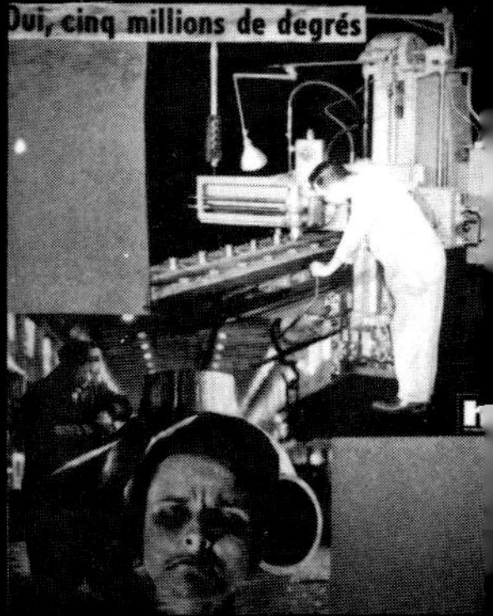
Oui, cinq millions de degrés

AT PLAY

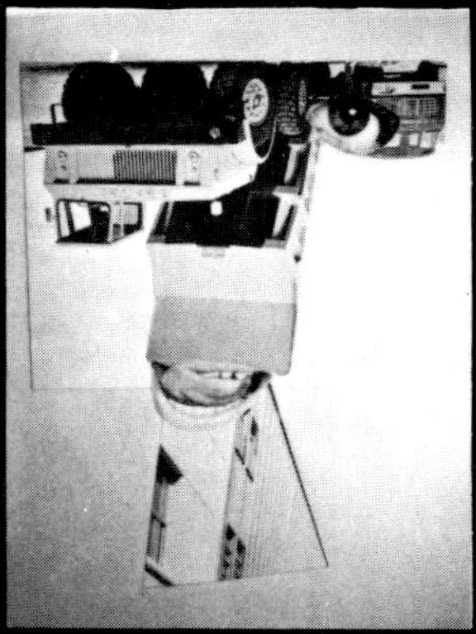

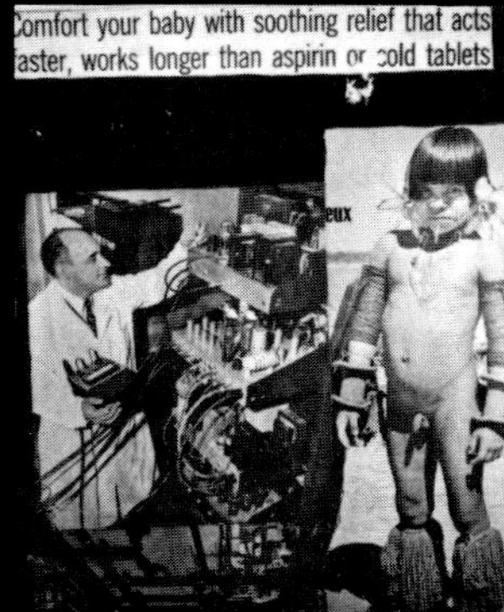
Comfort your baby with soothing relief that acts
faster, works longer than aspirin or cold tablets

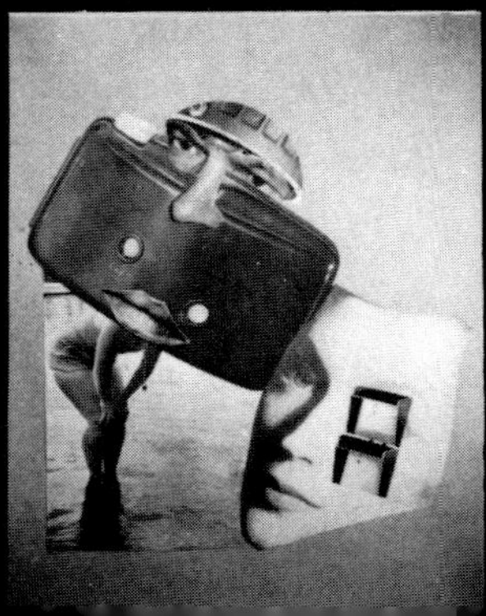

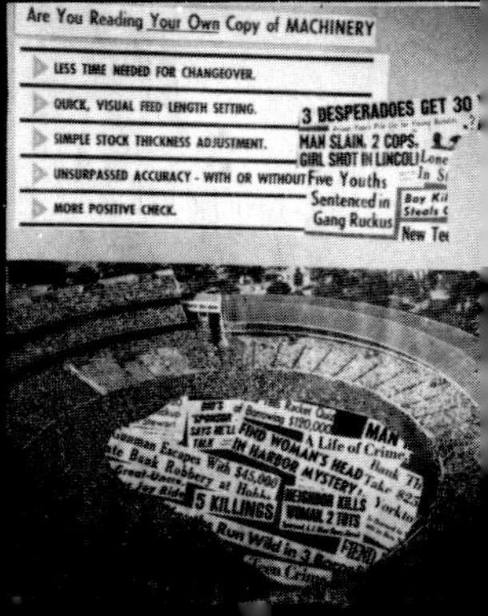
Are You Reading Your Own Copy of MACHINERY
LESS TIME NEEDED FOR CHANGEOVER.
QUICK, VISUAL FEED LENGTH SETTING.
SIMPLE STOCK THICKNESS ADJUSTMENT.
UNSURPASSED ACCURACY - WITH OR WITHOUT
MORE POSITIVE CHECK.
3 DESPERADOES GET 30
MAN SLAIN, 2 COPS,
Five Youths
Sentenced in
Gang Ruckus
5 KILLINGS

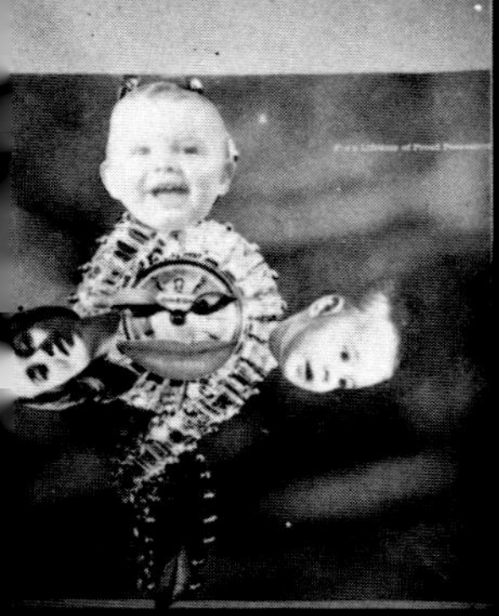

Specialised equipment for every industry ... to help the world produce more ... live better

Più bella...ogni giorno
LIFE
INTERNATIONAL

Happy Place:

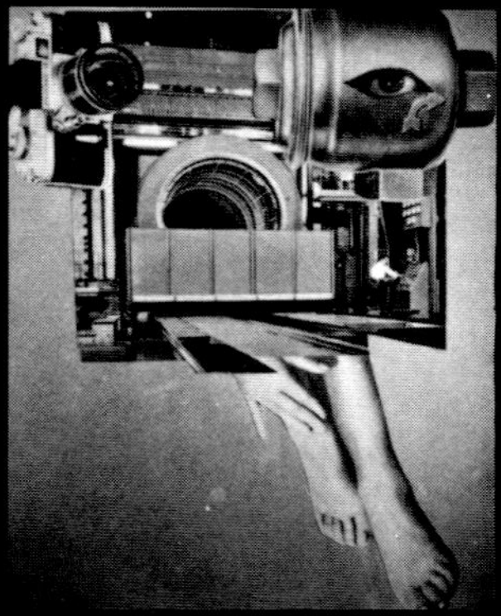

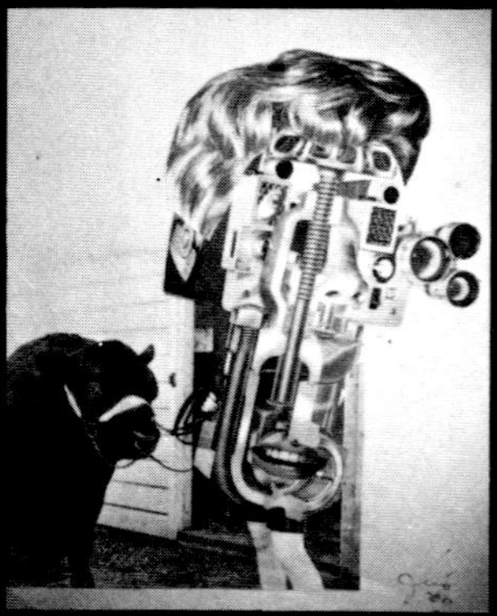

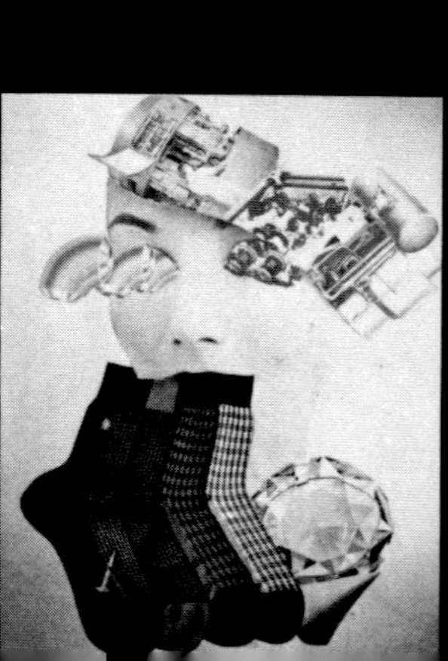

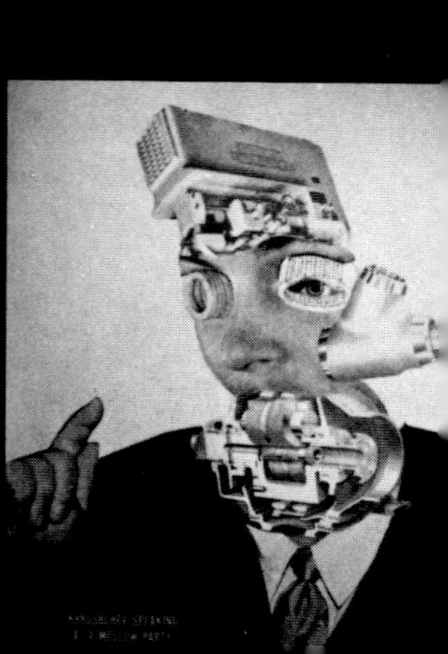

UNITED

CLUB CHIEF
6

LIFE
INTERNATIONAL
Who says dreams never come true!

DOING IT LIKE THE BIRDS

LOOK
bianco...bianchissimo!

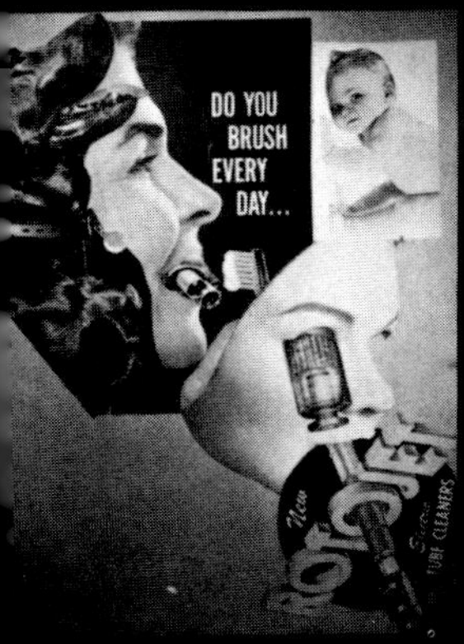
DO YOU BRUSH EVERY DAY...
TUBE CLEANERS

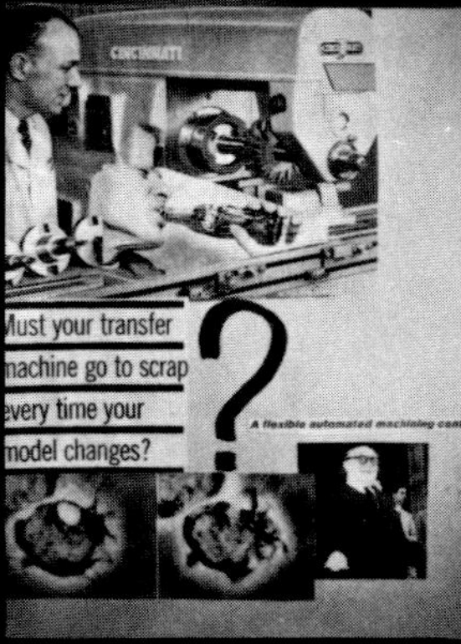
Must your transfer machine go to scrap every time your model changes?
?
A flexible automated machining center

technique de l'érotisme
FROM THE U.S.A

AUTOMATIC
symbol of
CAPITALISTS

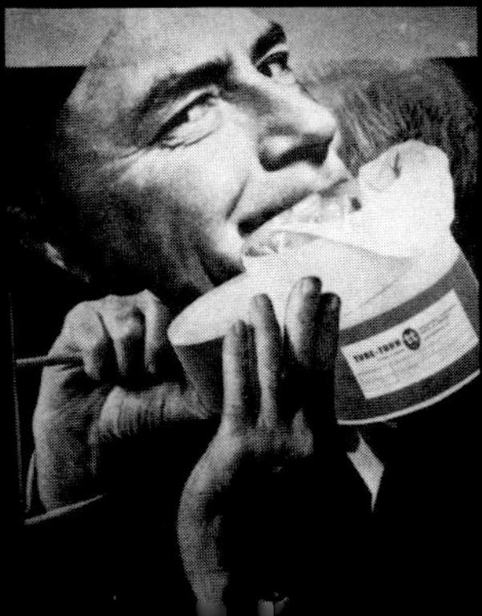

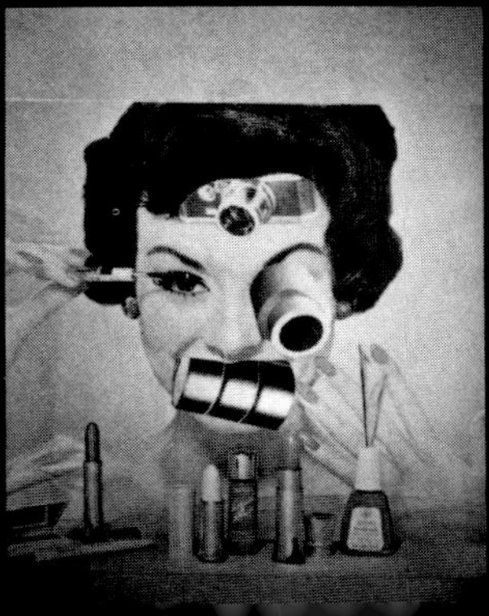

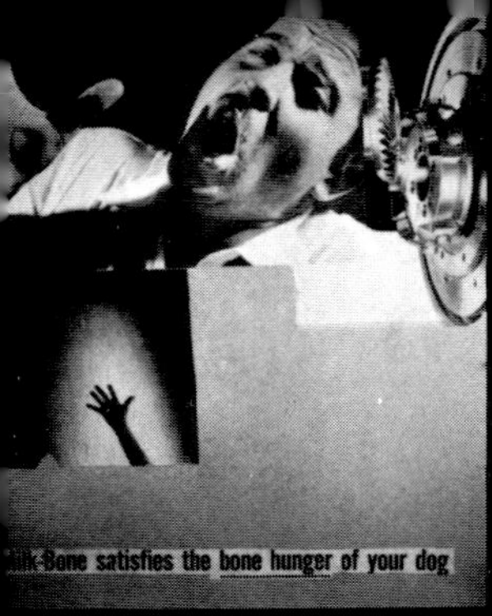
Milk-Bone satisfies the bone hunger of your dog

CONTROL
IS ECONOMICAL
FOR TH
DOLLA
ET SES LÉGENDES

Kidnapper snatches
baby two hours old
says: i'm happy

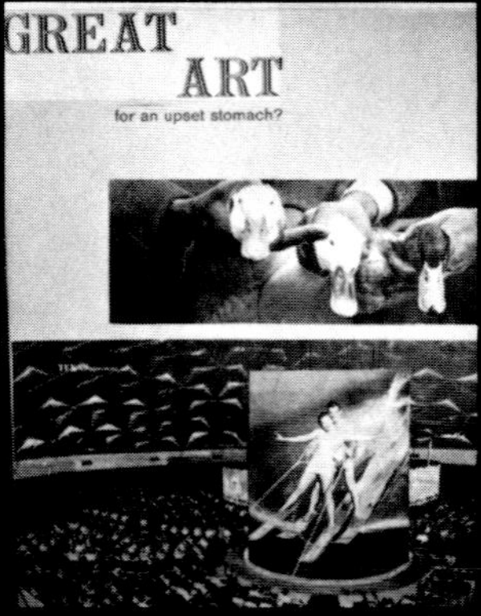
GREAT
ART
for an upset stomach?

THE BUSINESS OF SHOW

200 milliards par an

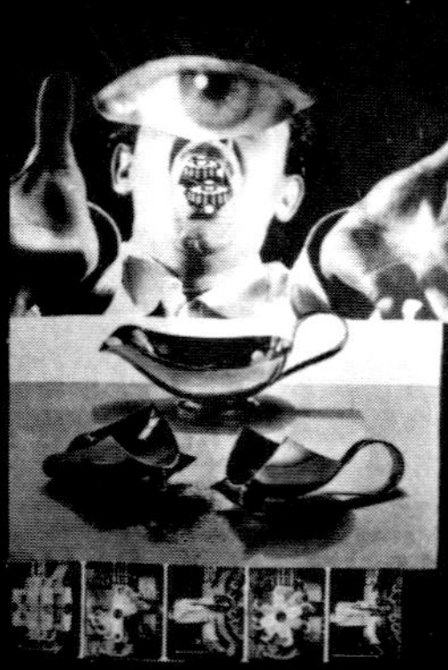

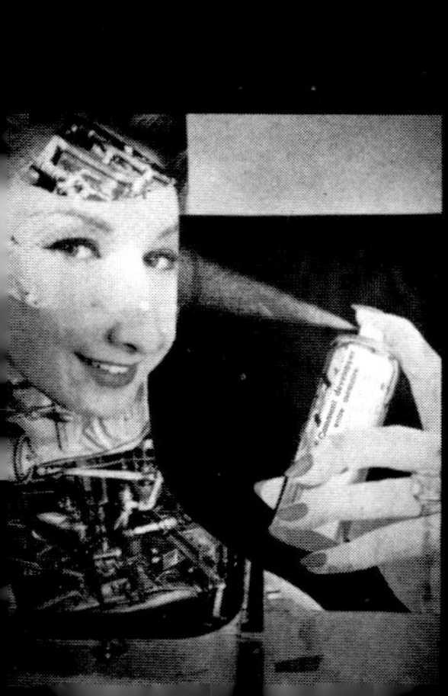

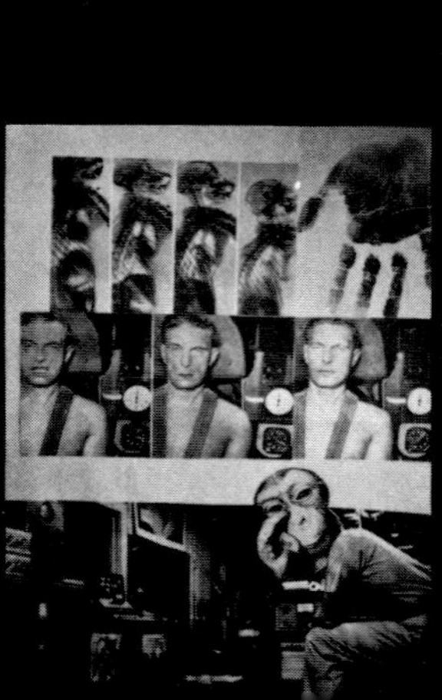

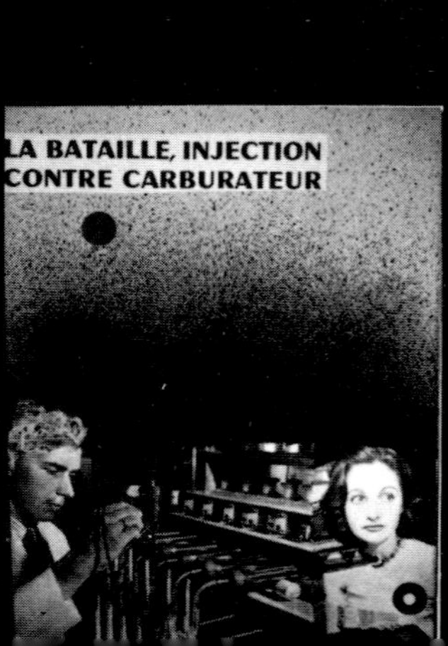
LA BATAILLE, INJECTION
CONTRE CARBURATEUR

SERIE: MECA, PARIS, 1959

1. Professeur des Sentiments (cm 130x200)

2. Le fils des Marx Brothers (cm 130x200)

3. Travail à la chaîne (cm 100x200)
   coll. Saris, Paris

4. The control out of the factory (cm 130x200)

5. School days (cm 130x200)

6. Le rayon de l'intérêt Féromètre (cm 200x300)
   coll. Accetti, Milano
7. Mécadanse (cm 200x130)
   coll. Rasmussen, Paris
8. Mécatraction (cm 200x100)
9. Mécacontrol (cm 100x200)

SERIE: THE ART WORLD, PARIS, 1959

1. Painter under contract (cm 200x130)
   coll. Rasmussen, Paris
2. The experts (cm 200x130)
3. The school of New-Par-Yorkis (cm 130x200)
4. The museum visitors (cm 160x200)
   coll. Priv., Paris

5. The art critics (cm 130x200)

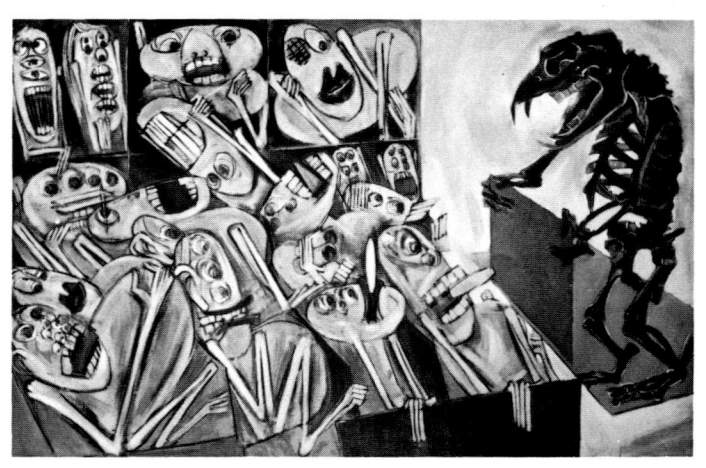

6. The auction (cm 130x200)
coll. Priv., Paris

7. The death of an art collector (cm 130x200)

8. Le vernissage (cm 120x80)

9. The abstract cow (cm 130x200)
coll. Rasmussen, Paris

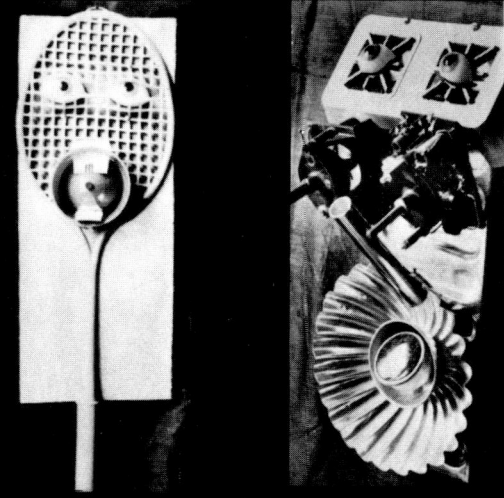

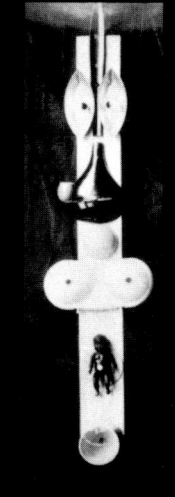

SERIE: MECAMASKS, PARIS, 1959

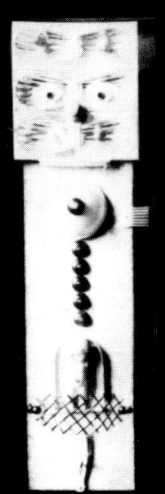

**SERIE: LES INDIVIDUS,
PARIS, 1958-1959**

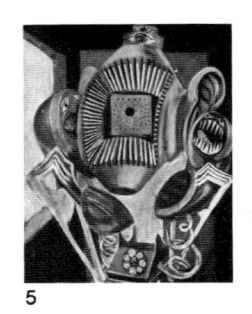

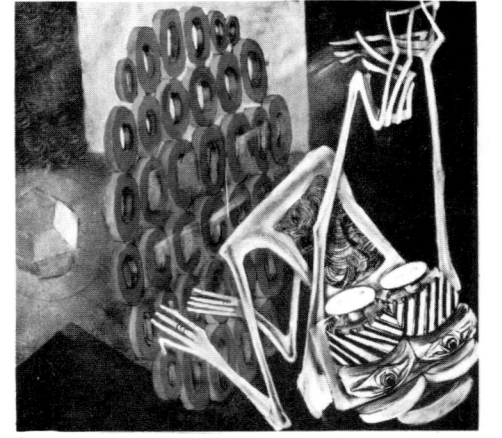

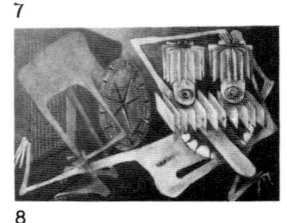

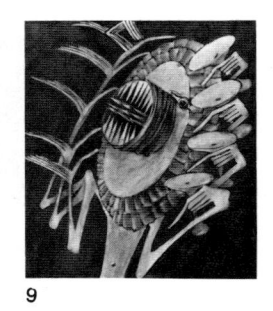

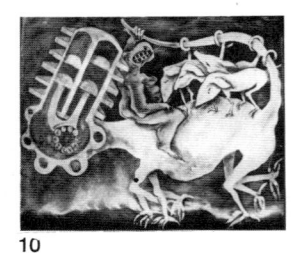

1. Méca-anatomie (cm 65x81)
2. La réponse au Singe (cm 50x61)
    coll. Petursson, Reykjavik
3. The meeting (cm 46x55)
    coll. Priv., Bergamo
4. La guérison du daltonien (cm 55x46)
5. Telephonoman (cm 55x45)
6. Le radioactif (cm 35x100)
    coll. Lebel, Paris
7. Le caméléon chatouilleux (cm 46x55)
    coll. Johannesson, Reykjavik
8. Le fils de l'horloger (cm 38x55)
    coll. Jonsson, Reykjavik
9. Cocktailoman (cm 55x45)
    coll. Achdian, Paris
10. Aristocratic vacation (cm 46x55)
    coll. Bergner, Tèl-Avi'v
11. Les intoxiqués (cm 50x60)
12. Retour du Méca-Paradis (cm 61x50)
    coll. Abbou, Paris
13. Contre-snob (cm 55x95)
    coll. Galerie Smith, Paris
14. Le demi-serpent (cm 55x46)
15. La Louve Romaine (cm 50x62)
16. The limit (cm 46x55)
    coll. Sveinsson, Reykjavik

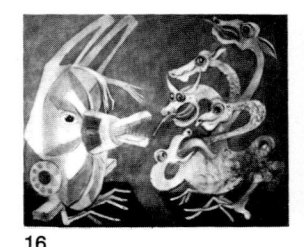

**SERIE: LES ANATOMIQUES,
PARIS, 1959**

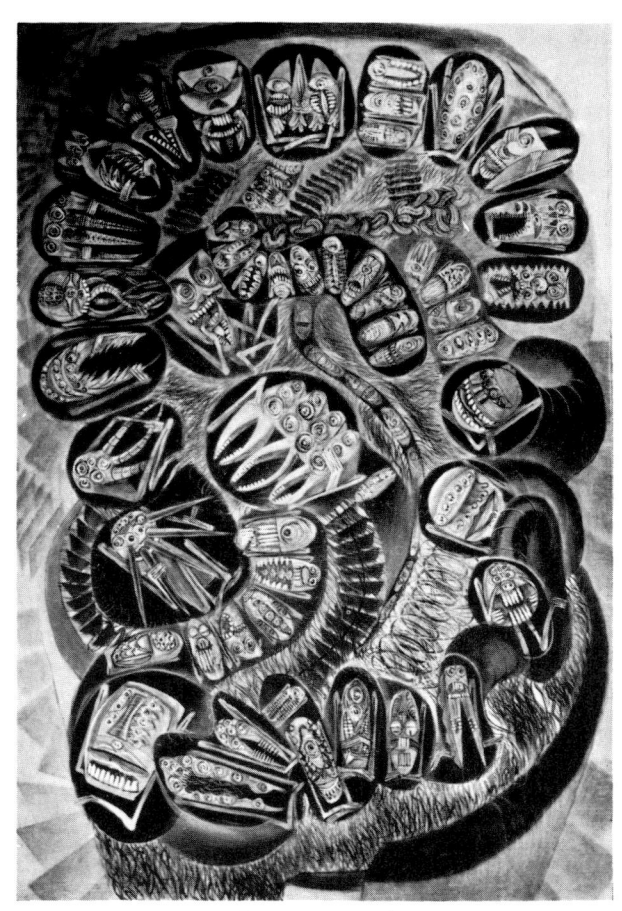

1. Visiteurs des Entrailles (cm 200x130)

2. Habitants des Poumons (cm 200x130)
coll. Galleria L'Attico, Roma

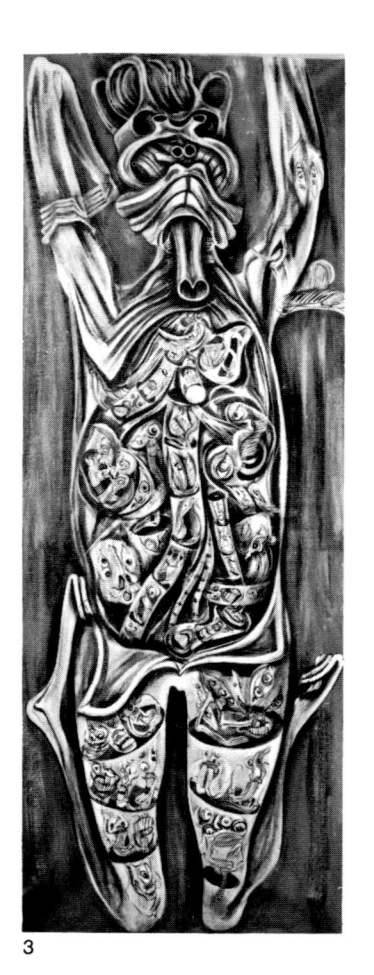

3. The king (cm 200x100)
   coll. Rasmussen, Paris
4. Hôtel des Rognons (cm 200x100)
   coll. Priv., Paris
5. La menace du bruit (cm 45x55)
   coll. Achdian, Paris
6. Habitants des Cœurs (cm 130x200)
   coll. Calle, Paris

**SERIE: LE MONDE VEGETAL,
PARIS, 1959-1960**

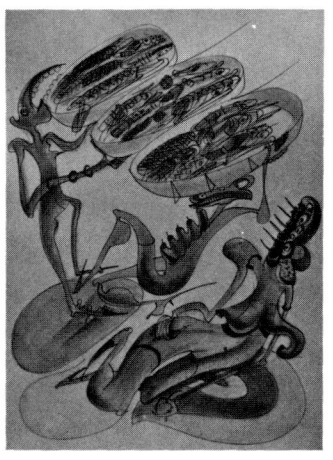

1. Tempera

2. Tempera

3. Entre l'artichaut et les petits pois (cm 200x130)
coll. Galleria L'Attico, Roma

4. Agression végétale (cm 200x100)
coll. Galleria L'Attico, Roma

5. Les fleurs du mal (cm 200x130)
coll. Lorenzin, Milano

**SERIE: LES VESTIAIRES MASQUÉS,
PARIS, 1959-1962**

1. La chaîne (cm 100x73)
   coll. Galleria Schwarz, Milano
2. Inclinaisons magnétiques (cm 100x60)
   coll. Rasmussen, Paris
3. L'écoulement des couples (cm 100x50)
   coll. Galleria La Maggiolina, Alessandria
4. Vestiaire d'attitudes (cm 73x54)
   coll. Dolcini, Milano
5. Opiomane (cm 80x60)
   coll. Vanderborght, Bruxelles
6. Les coulées des têtes (cm 100x70)
   coll. Priv., Milano
7. Comprimés (cm 81x60)
   coll. Necchi, Milano
8. The diamond (cm 100x60)
   coll. Laurini, Milano
9. Dentists of the dragon (cm 80x40)
   coll. Priv., Milano
10. Falling masks (cm 116x80)

11. Cité intégrée (cm 200x300)

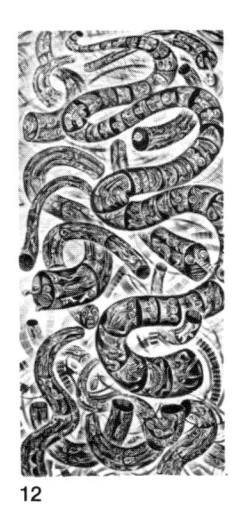

12. Serpents-mecanics (cm 110x50)
13. Cubes volants (cm 100x70)
    coll. Laurini, Milano
14. Les entremêlés (cm 100x50)
    coll. Pagnani, Ravenna
15. Derrière les coulisses (cm 99x60)
    coll. Priv., Milano
16. Montagnes russes (cm 80 x 40)
    coll. Valdemar, Paris
17. The sailors knots (cm 81x65)
    coll. Arnason, Reykjavik

18. Onde choc (cm 60x80)
    coll. Priv., Milano
19. Love letters (cm 80x60)
    coll. Scacchi, Milano
20. Combustion mask (cm 110x60)
    coll. Priv., Milano
21. Atterrissage (cm 200x100)
22. Ralentisseur (cm 200x100)
    coll. Priv., Milano
23. Raccords (cm 80x40)
    coll. Priv., Venezia
24. Le serpent à plumes (cm 60x45)
    coll. Scacchi, Milano
25. The gambler (cm 120x80)
    coll. Galerie Sydow, Frankfurt

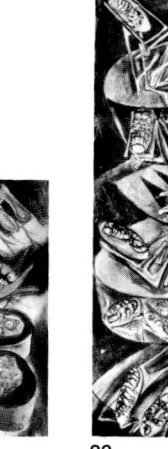

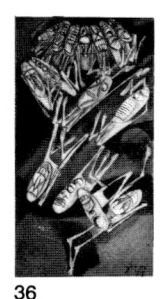

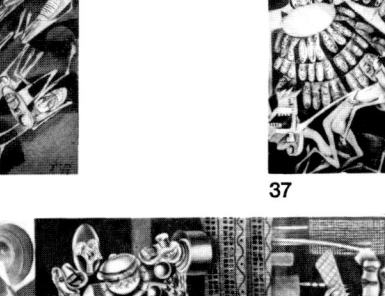

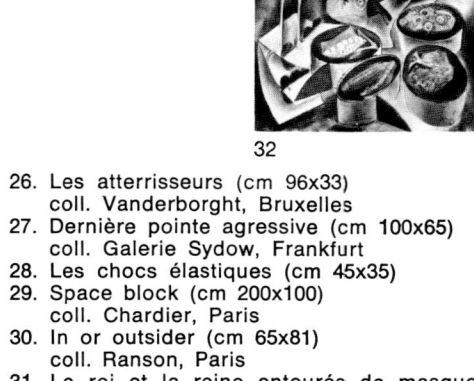

26. Les atterrisseurs (cm 96x33)
    coll. Vanderborght, Bruxelles
27. Dernière pointe agressive (cm 100x65)
    coll. Galerie Sydow, Frankfurt
28. Les chocs élastiques (cm 45x35)
29. Space block (cm 200x100)
    coll. Chardier, Paris
30. In or outsider (cm 65x81)
    coll. Ranson, Paris
31. Le roi et la reine entourés de masques vides (cm 60x80)
    coll. Scacchi, Milano
32. The triumph of double nose (cm 60x40)
    coll. Licata, Venezia
33. Hommes dans l'espace (cm 93x31)
34. Laminoir (cm 100x50)
    coll. Mazzotta, Milano
35. Les espèces (cm 81x121)
36. Fall (cm 73x38)
37. Le départ du Paradis (cm 61x50)
    coll. Achdian, Paris
38. Ferromagnétisme (cm 60x80)
    coll. Achdian, Paris
39. Le curieux (cm 65x100)
    coll. Boulakia, Paris
40. Full moons and empty arms (cm 60x75)
    coll. Galerie Sydow, Frankfurt

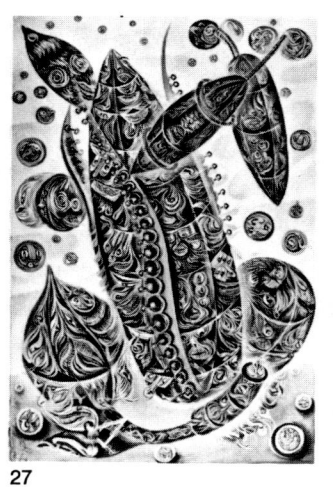

41. Suicide collectif (cm 150x100)
    coll. Magalio, Paris

42. Cardazzo dans les coulisses (cm 146x97)
    coll. Galleria del Cavallino, Venezia

43. The spinners (cm 150x100)
    coll. Magalio, Paris

44. Fantomas of El Greco (cm 116x80)
    coll. Achdian, Paris

45. The final selection (cm 116x73)
    coll. Priv., Milano

46. Les échasses (cm 116x73)
    coll. Galleria Schwarz, Milano

47. Rentrée dans l'atmosphère (cm 146x97)
    coll. Galleria Schwarz, Milano

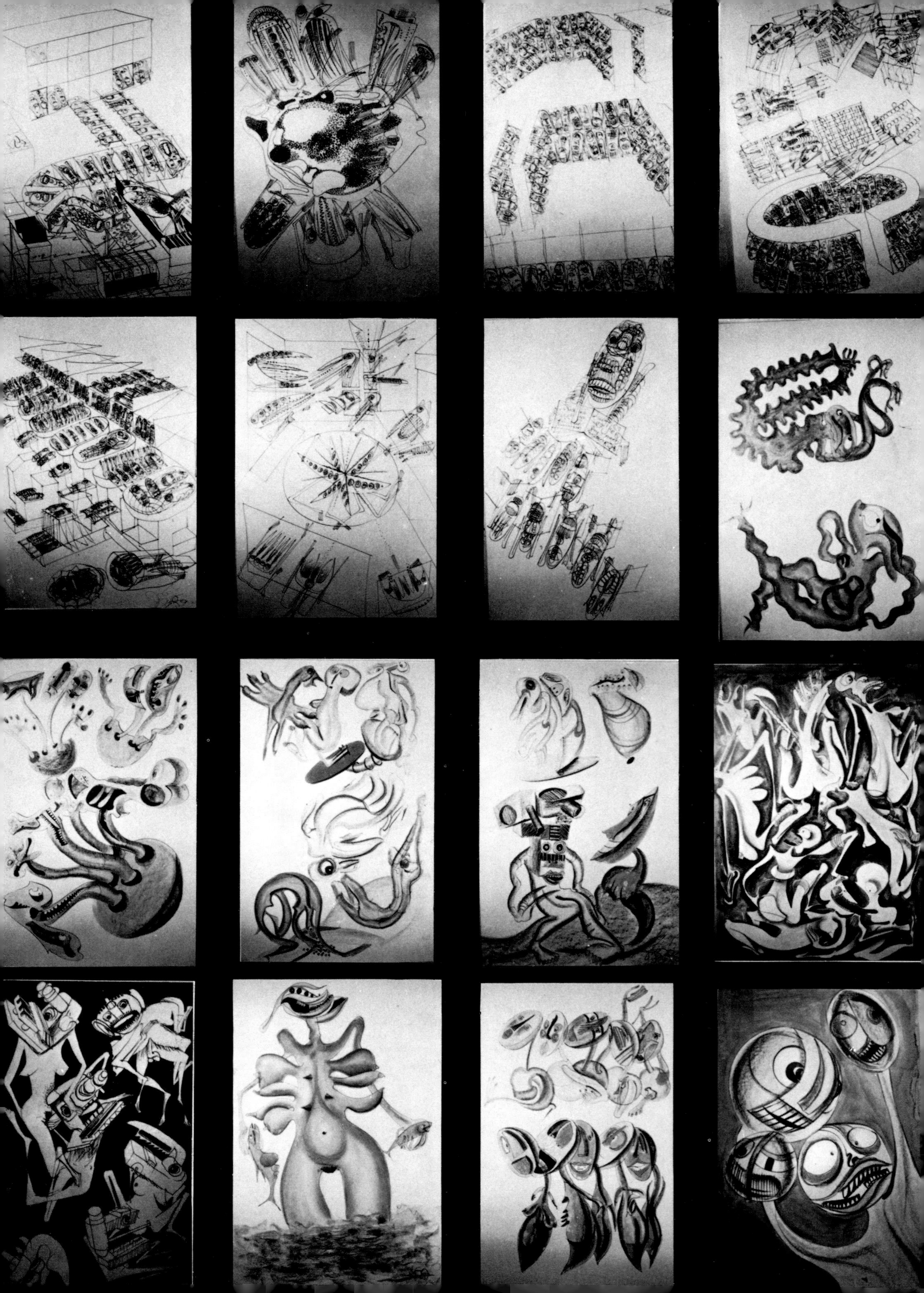

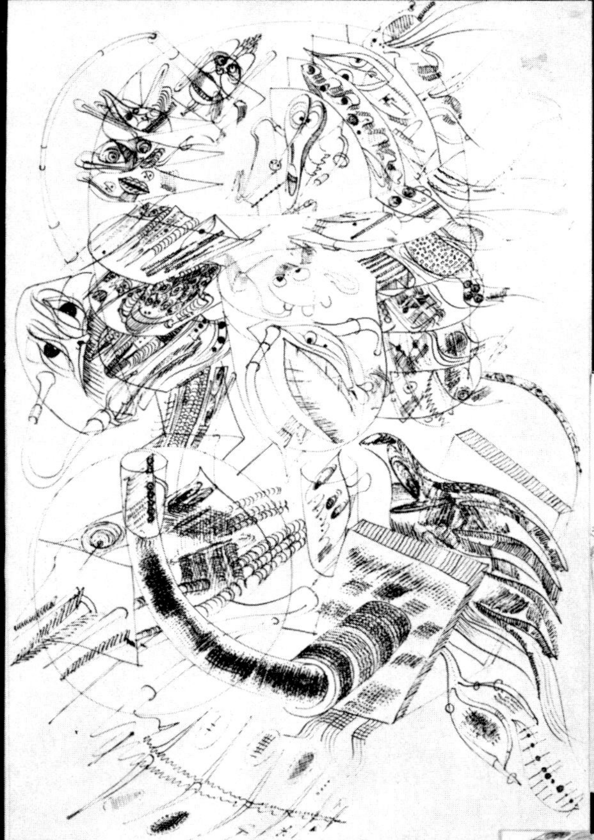
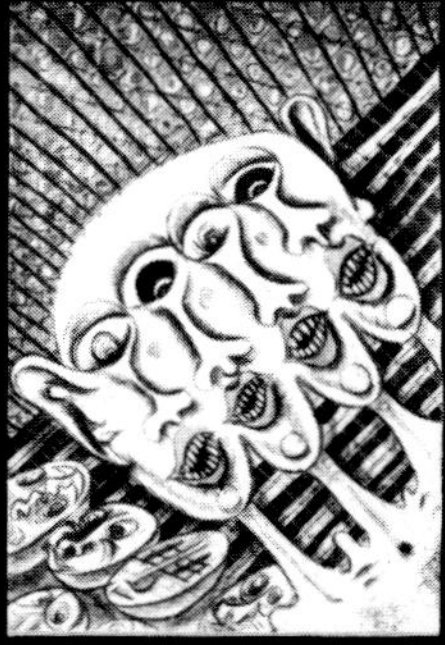
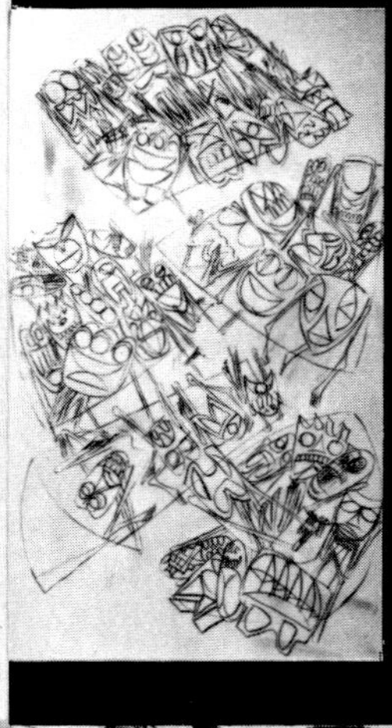
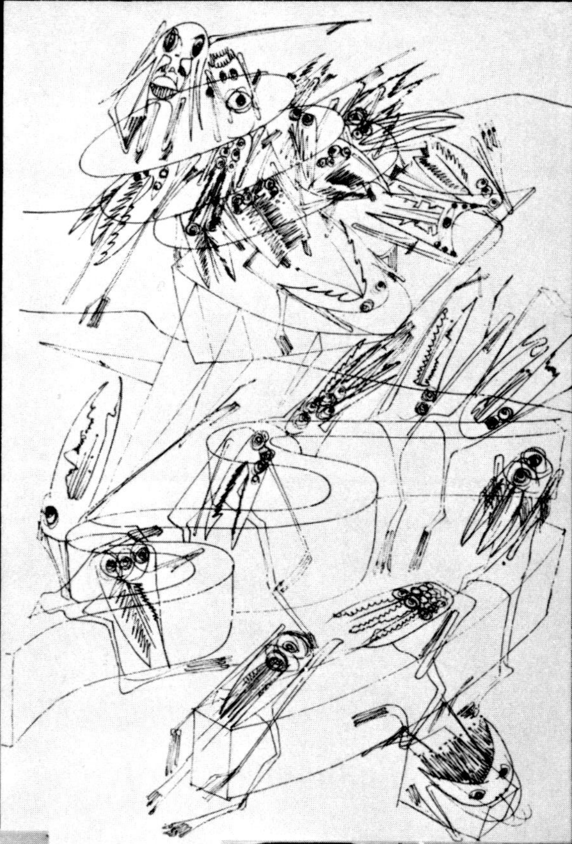
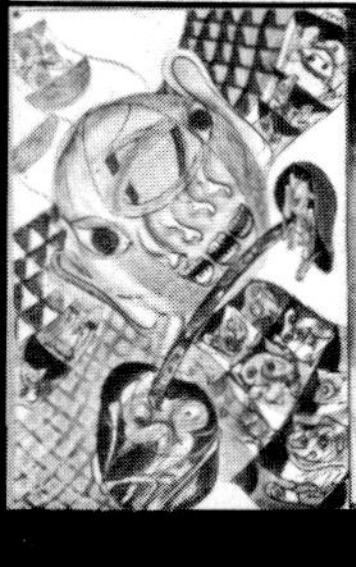
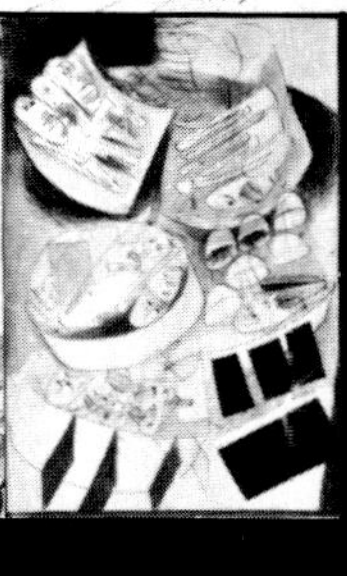
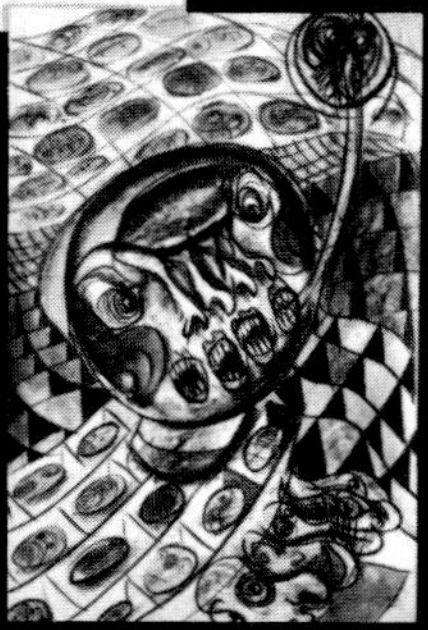
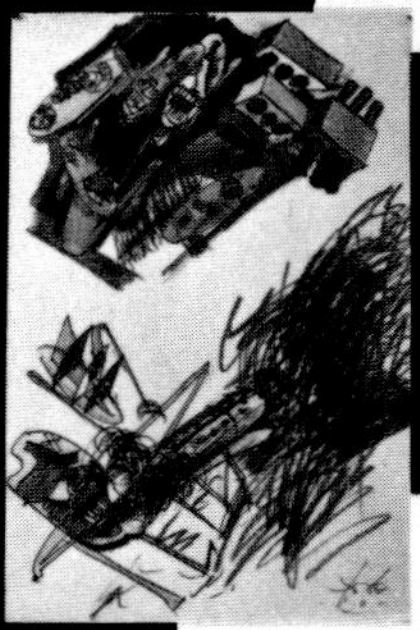
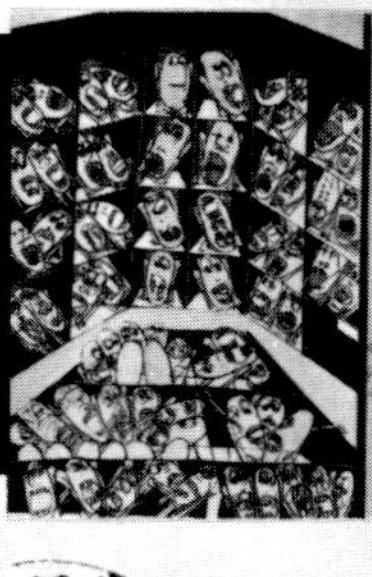
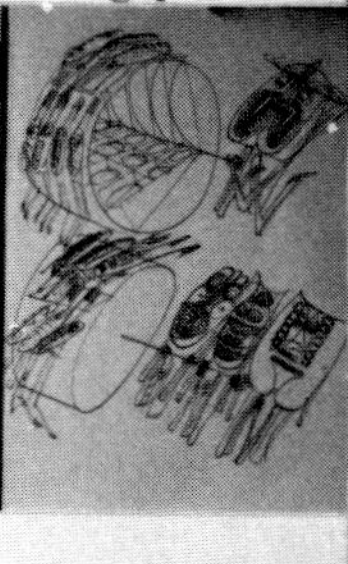
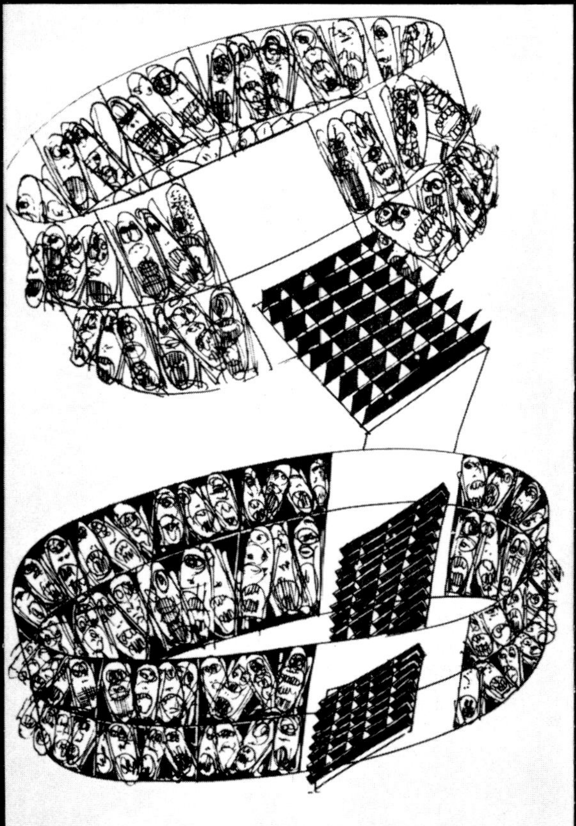
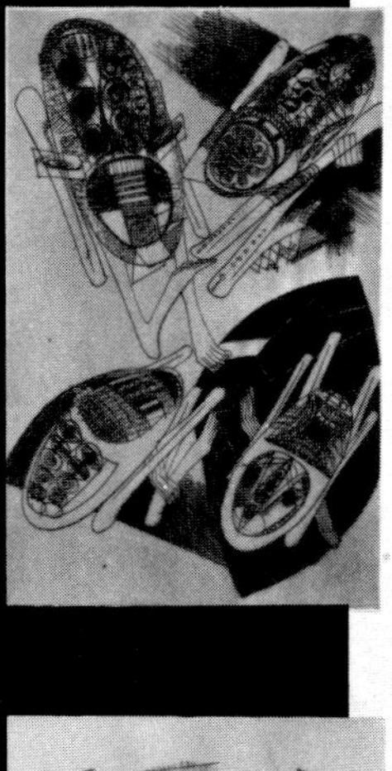
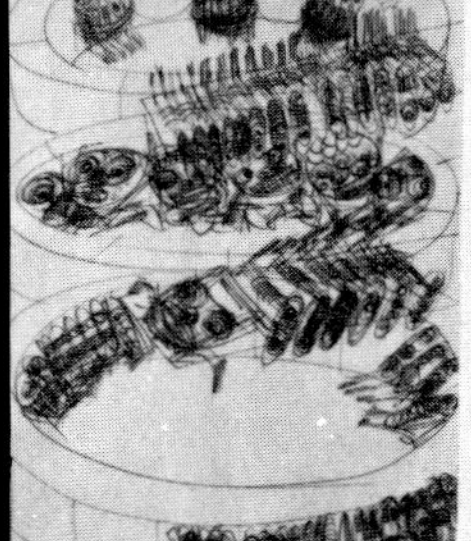
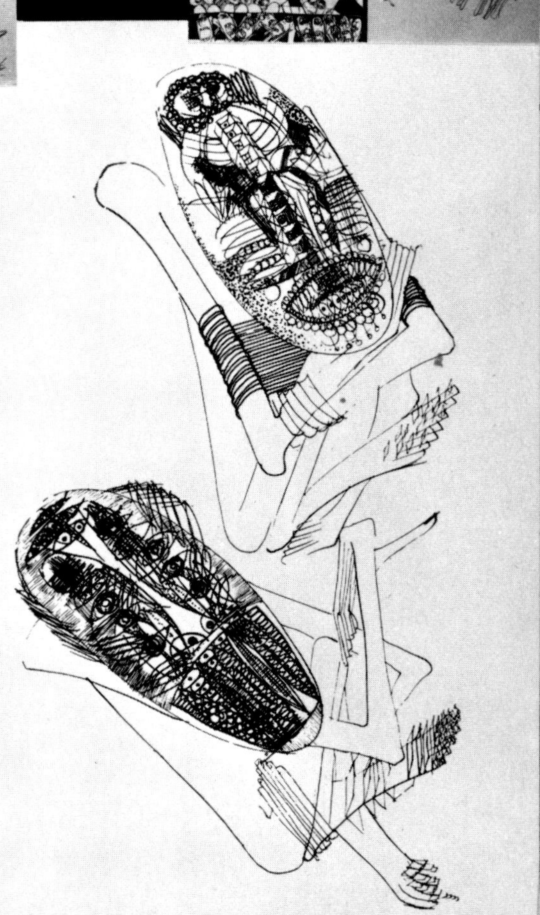

**SERIE: GALAPAGOS,
PARIS, 1961**

1. Les vomissements des lézards
   (cm 130x200)
   coll. Jouffroy, Paris
2. The elections (cm 90x60)
   coll. Galerie Sydow, Frankfurt
3. Les Galapagos (cm 200x300)

**SERIE: HUMAN LIBRAIRIES,
PARIS, 1959**

1. Hydrogénération (cm 100x150)
   coll. Cardazzo, Milano
2. Les filles des demoiselles d'Avignon
   (cm 150x100)
   coll. Galerie Sydow, Frankfurt
3. Cactus Homo (cm 81x65)
   coll. Arnason, Reykjavik
4. Le portrait de l'escargot en retard
   (cm 75x55)
5. Conversation du giroscope (cm 100x150)
6. Place Maubert (cm 100x65)
   coll. Ranson, Paris

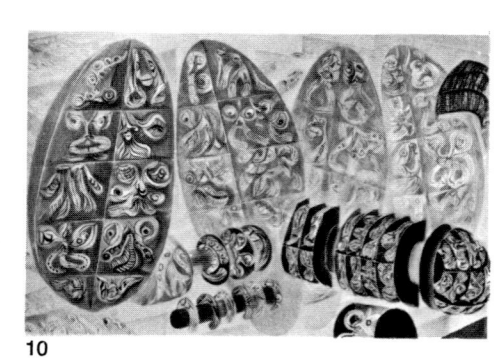

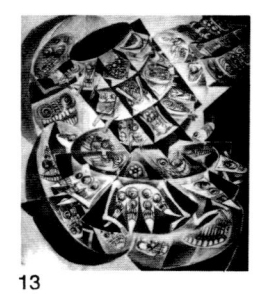

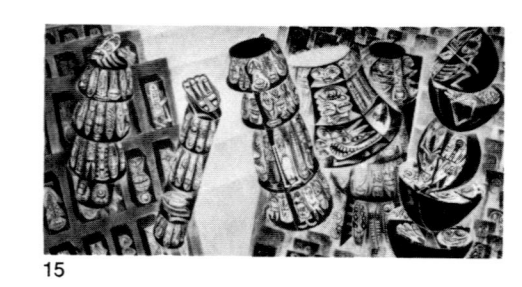

7. Inner space (cm 65x81)
   coll. Johannesson, Reykjavik
8. Groupement fonctionnel (cm 70x100)
   coll. Scacchi, Milano
9. The gossip of the green teeth
   (cm 60x81)
   coll. Van Ingen, New York
10. Intersection (cm 60x92)
    coll. Foso, Venezia
11. Admirers of Johanna (cm 40x50)
    coll. Lawrensson, New York
12. Réserve de 199 personnalités
    (cm 50x100)
13. La vitesse lacrymogène (cm 60x40)
    coll. Cogniat, Paris
14. Les étages des fusées (cm 40x20)
15. Voyage entre deux bibliothèques
    (cm 50x100)
    coll. Priv., Caracas
16. Le temple mexicain (cm 40x60)
    coll. Jouffroy, Paris
17. Poussière cosmique (cm 57 x 107)
18. Pièces lunaires détachées (cm 60 x 81)
    coll. Galleria del Cavallino, Venezia
19. Séchoir (cm 65x80)
    coll. Pagani, Milano

20. Bureau de propagande Fucky-Strike
   (cm 145x406) coll. Rasmussen, Paris

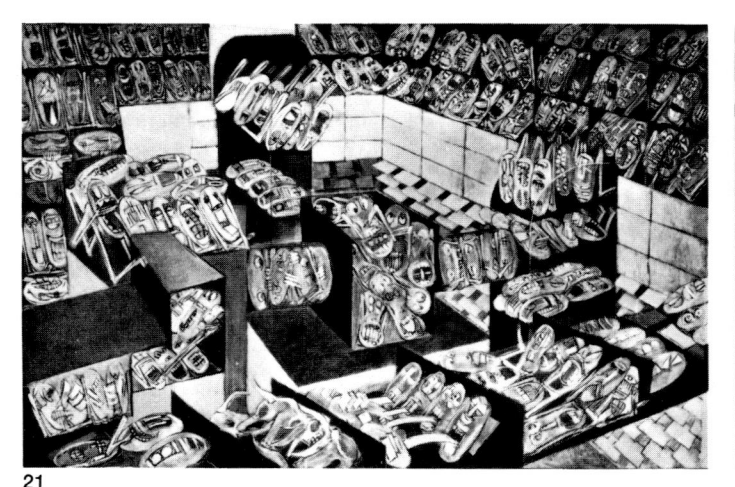

21
22

21. Human library (cm 130x200)
   coll. Jouffroy, Paris
22. Surface de révolution (cm 130x200)
   coll. Accetti, Milano
23. Les vannes (cm 130x200)
   coll. Accetti, Milano

23

**SERIE: THE SAHARA LOVERS,
PARIS, 1959-1960**

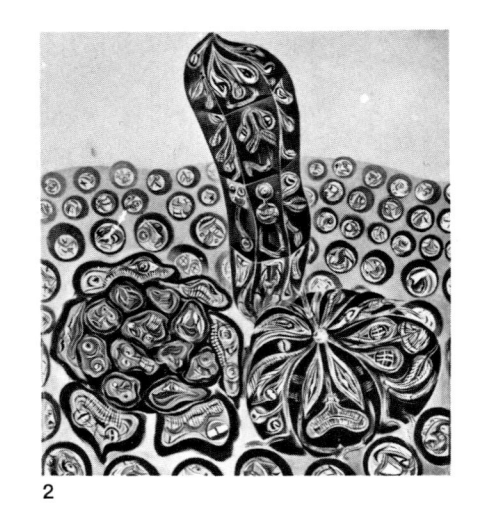

1. Tours automatiques multibroches
   (cm 67x55)
2. The sex of Sahara (cm 71x60)
3. The lovers of Sahara (cm 146x97)
   coll. Rasmussen, Paris

**SERIE: MASKS IN MASKS,
PARIS, 1961**

1. Momo society (cm 75x60)
   coll. Aghion, Paris

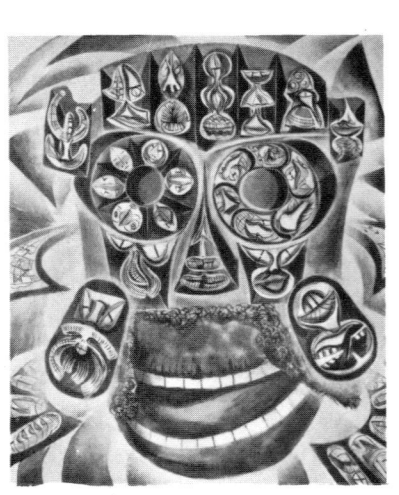

2. Ivory society (cm 75x60)
   coll. Galleria Il Punto, Torino

3. Bambara society (cm 76x65)

**SERIE: MECA-MAKE-UP,
PARIS, 1959-1960**

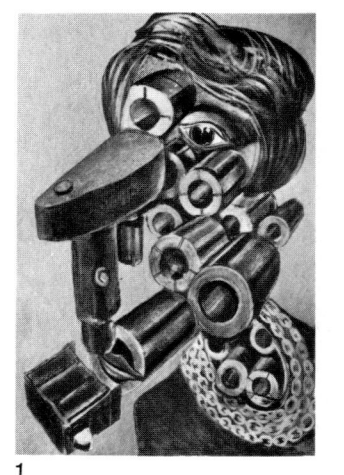

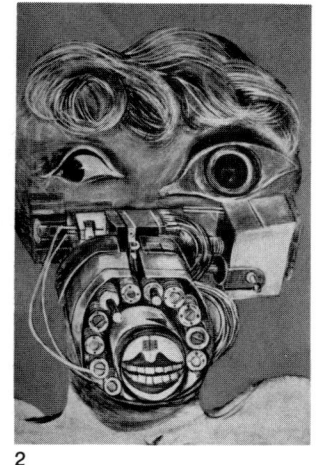

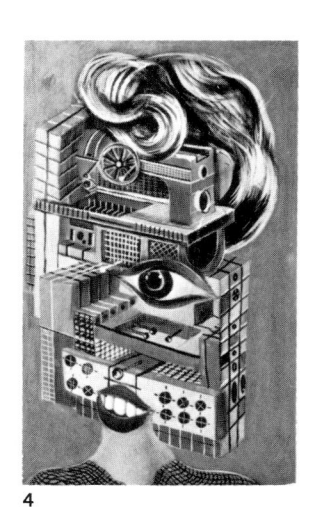

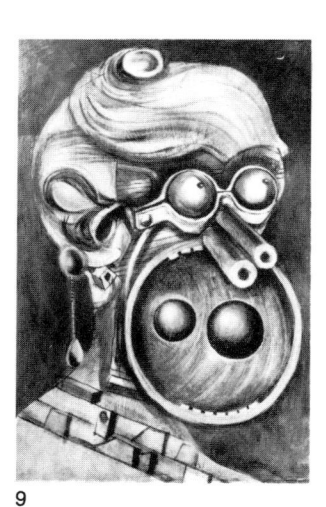

1. Mr. l'Enclume (cm 82x49)
2. La standardiste (cm 82x49)
   coll. Lebel, Paris
3. Kennedy (cm 82x49)
4. Madame I.B.M. (cm 82x49)
5. L'enroulée (cm 82x49)
6. Bifocus (cm 82x49)
   coll. Verbrugghen, St. Lievens-Houtem
7. Spoonbouch (cm 82x49)
8. La soeur de la boiteuse de vitesse
   (cm 82x49)
9. Espace buccal (cm 82x49)
10. La boiteuse de vitesse (cm 82x49)
11. Fabi-olé (cm 82x49)
12. Mécamiss (cm 82x49)

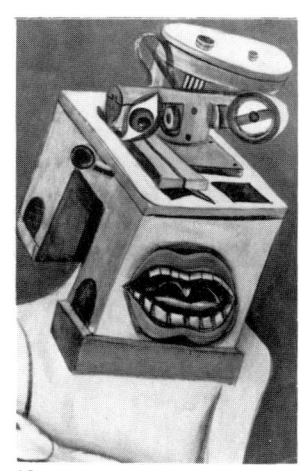

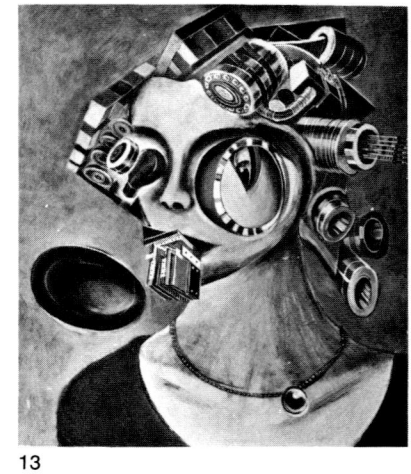

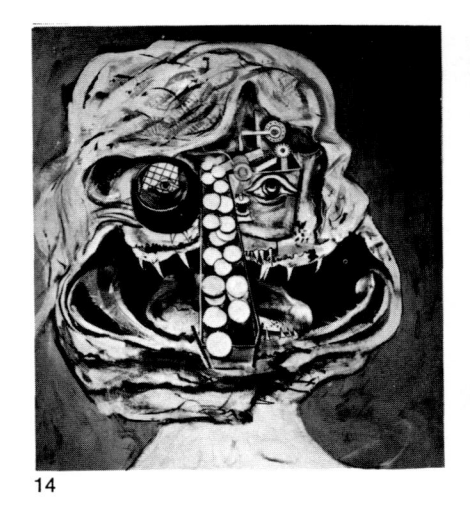

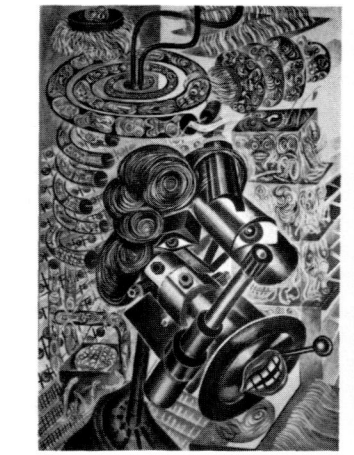

13. Madame Picabia (cm 81x67)
14. Miss Moneymaker (cm 85x72)
15. Skin glove (cm 82x49)
16. The car-crasher (cm 82x49)
17. Pianobouche (cm 82x49)
18. Pression J.J. Lebel (cm 62x49)
    coll. Parham, Chicago
19. La fraiseuse (cm 82x49)
20. Madonna Meccanica (cm 200x130)
    coll. Priv., Paris

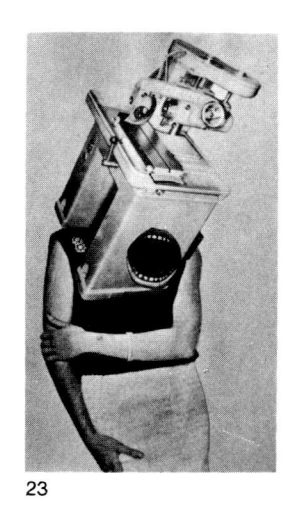

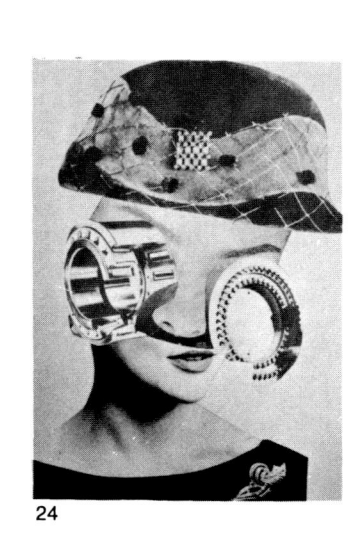

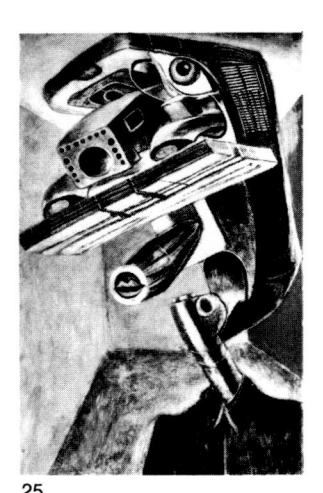

21. Le chien ponctuel (cm 82x49)
22. Méca-collage (cm 32x25)
23. Méca-collage (cm 32x25)
24. Méca-collage (cm 32x25)
25. Le jeune étau (cm 82x49)
26. Portrait ancien (cm 82x49)
    coll. Lebel, Paris
27. Méca-Colomba (cm 120x70)
    coll. Deana, Venezia
28. Méca-collage (cm 32x25)

63

SERIE: LES USINES, 1959-1962

1. The quiet american (cm 65x100)
   coll. Lorenzin, Milano
2. Tours verticaux (cm 65x100)
   coll. Boulakia, Paris
3. La télévision égyptienne (cm 130x97)
4. Le pompage émissif (cm 60x100)
   coll. Priv., Milano
5. The underdog (cm 65x100)
6. Les séquestrés de l'installation de concassage et de broyage travaillant à cycle fermé (cm 97x130)
7. Relaxing vibration (cm 97x130)
   coll. Di Dio, Paris

8. Auto-transformateur des générations
   (cm 200x300)

9. Laos Puliuzpyi (cm 65x100)
   coll. Galleria Schwarz, Milano
10. Poussière de l'Electronique (cm 130 x 200)
    coll. Baj, Milano
11. La science broyeuse d'hommes
    (cm 130x200)
    coll. Galleria del Naviglio, Milano

12. Le périscope (cm 60x100)
    coll. Magalio, Paris
13. Puissance absorbée par une opération de fraisage (cm 65x100)
    coll. Lorenzin, Milano
14. Coagulations (cm 146x97)
    coll. Galerie Sydow, Frankfurt
15. Le contrôleur des salines (cm 61x100)
16. Montaggio (cm 65x100)
17. Réseaux clandestins (cm 150x100)
    coll. Marelli, Bergamo
18. La méca-directrice (cm 99x47)
19. Electro Junk (cm 97x130)
    coll. Priv., Milano

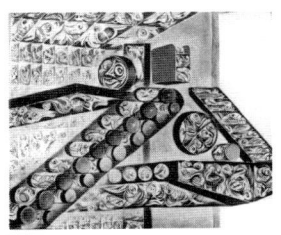

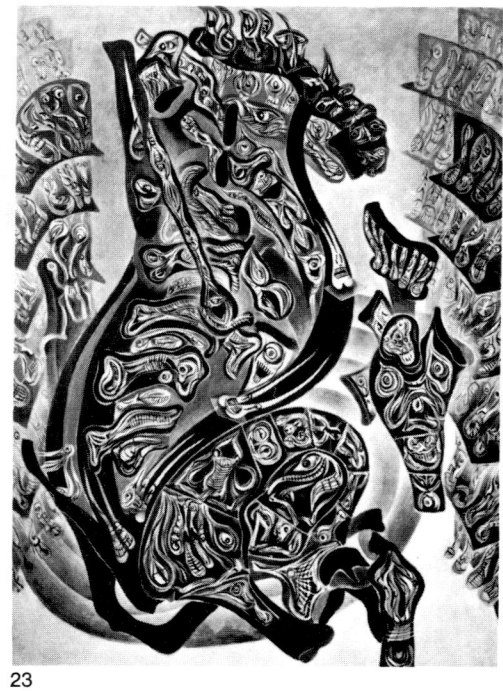

20. Guardone (cm 81x100)
    coll. Riscossa, Torino
21. Spectateurs autour du Stoker Conversion
    (cm 65x81)
    coll. Galleria L'Attico, Roma
22. Les porteuses modulées (cm 40x60)
    coll. Schultze, Frankfurt
23. Le cheval du Musculi Coaxale (cm 137x97)
24. La machine à hommes (cm 65x100)
    coll. Boulakia, Paris
25. Quartet for a drilling machine (cm 65x100)
26. Un coin d'usine (cm 60x55)
    coll. D'Ans, Liège
27. Désintégration des masques (cm 65 x 100)
    coll. Sigurdsson, Reykjavik
28. Sensibilisateur pour 23 personnes
    (cm 47x63)
29. The stub-born (cm 165x200)
    coll. Accetti, Milano

30. Explosion d'une fraiseuse universelle
    (cm 50x100)
    coll. Priv., Milano
31. La révérence (cm 65 x 81)
    coll. Galleria L'Attico, Roma
32. The cough maker (cm 50x100)
    coll. Priv., Roma
33. Caméléon discute avec Mecanic
    (cm 100x60)
    coll. Magalio, Paris
34. Le mur du son (cm 50x55)
    coll. Fifa Soto De Liscano, Caracas
35. Chasseur d'imagination (cm 65x81)
36. First fully transistorised transhuman
    (cm 46x55)
37. La naissance d'Hercule (cm 50x60)
    coll. Kréa, Paris
38. Le tamanoir (cm 81x60)
    coll. Henry, New York

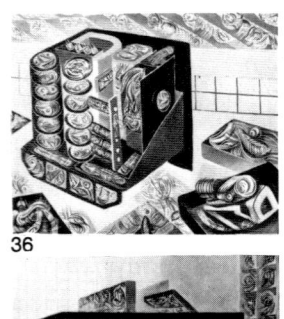

SERIE: MOTORS, PARIS, 1961-1962

1. Moteur à turbines (cm 50x60)
   coll. Schwarz, Milano
2. Moteur ionique (cm 65x75)
   coll. Lorenzin, Milano
3. Moteur à explosion (cm 130x200)
   coll. Calle, Paris
4. Moteur à diesel (cm 65x100)
   coll. Priv., Caracas
5. Moteur à réaction (cm 130x200)
   coll. Cordier, New York

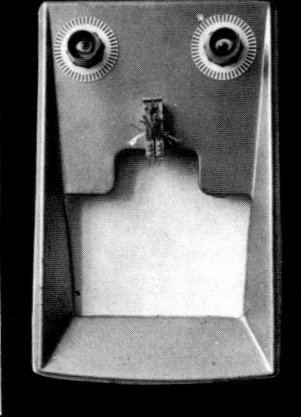

SERIE: DECOR POUR LE FILM
« MECAMORPHOSE », 1962

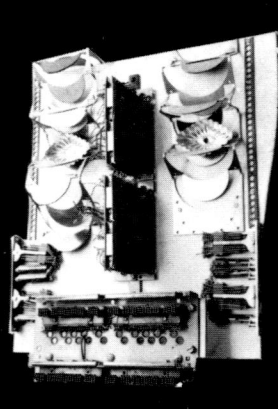

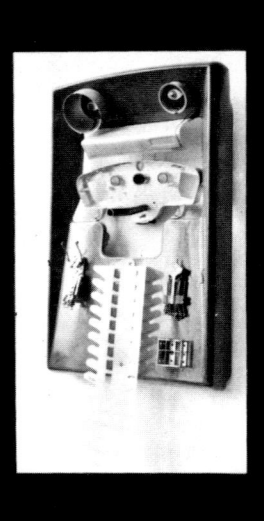

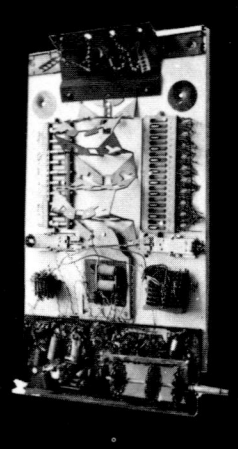

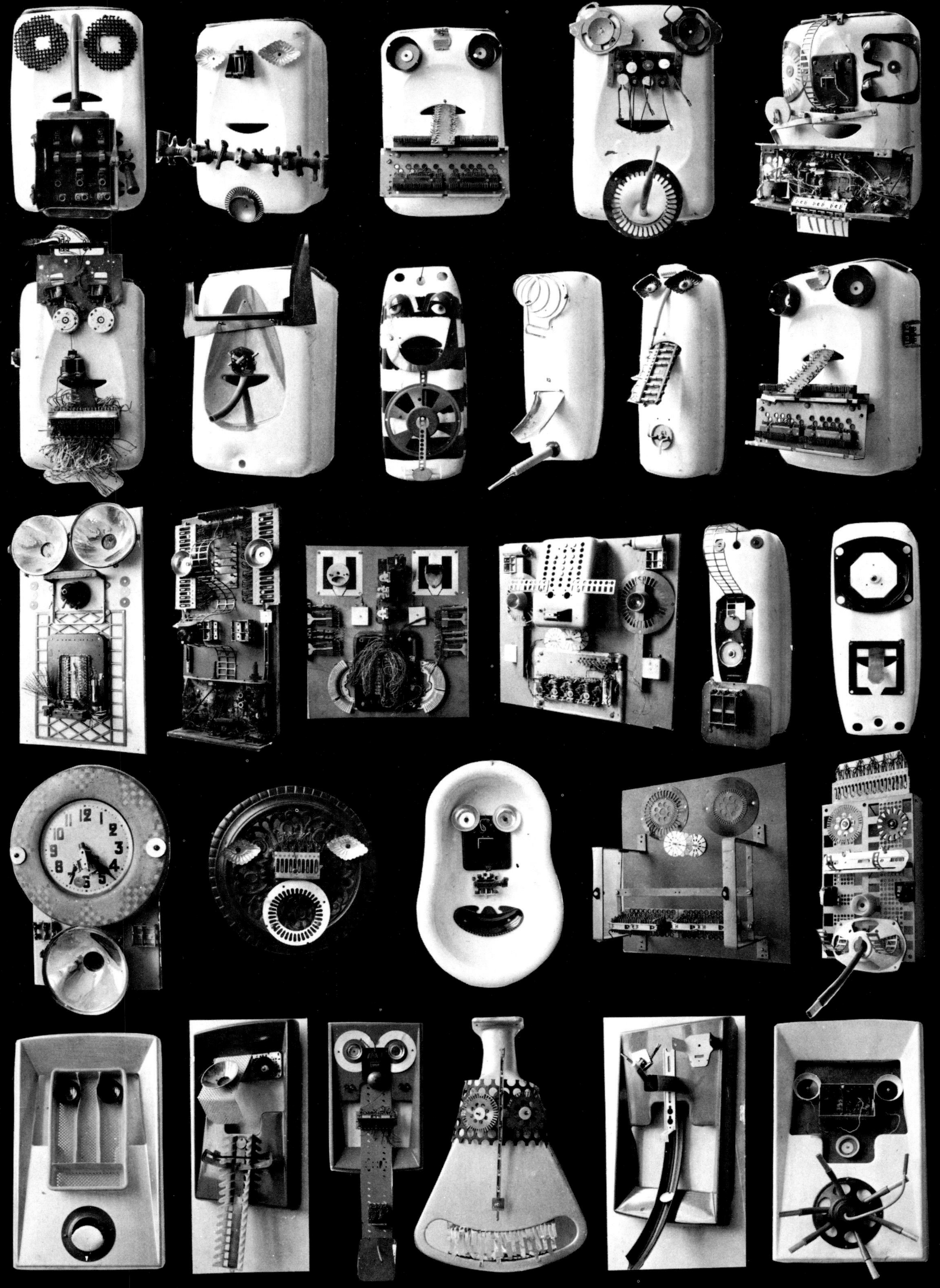

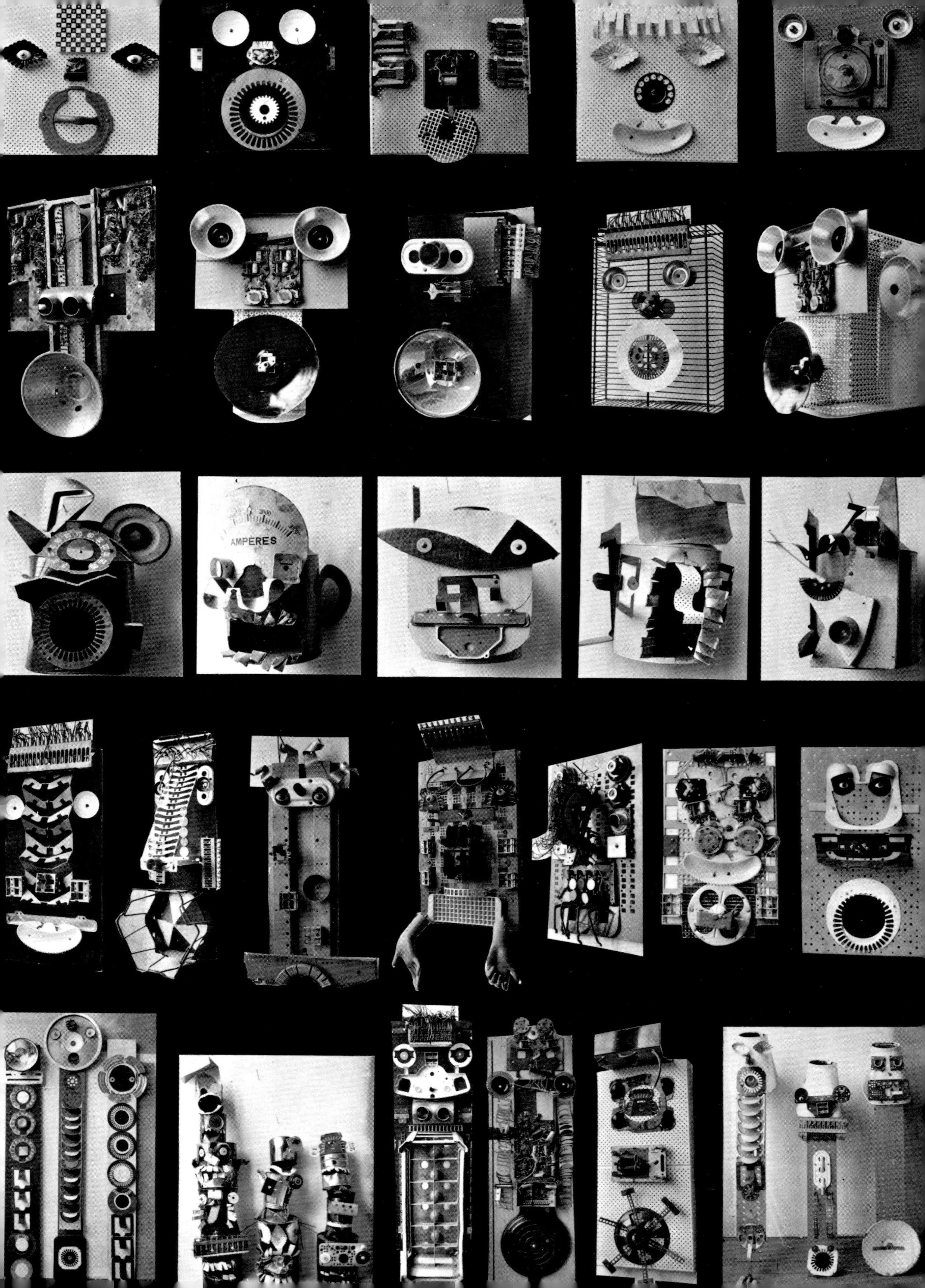
2000
AMPERES

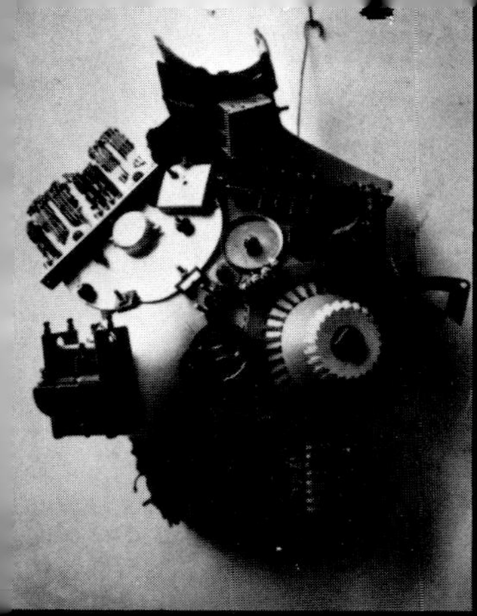
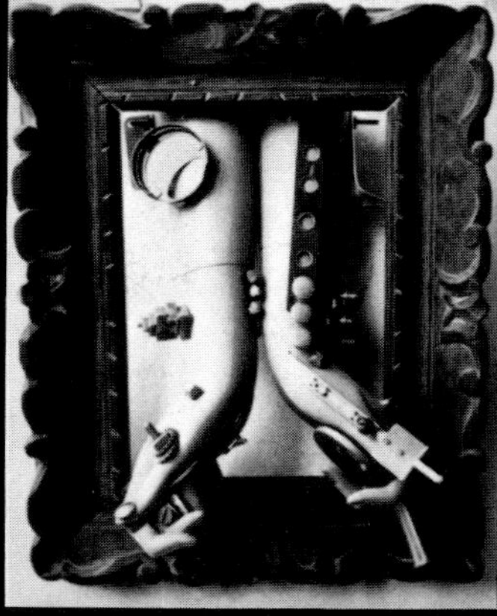
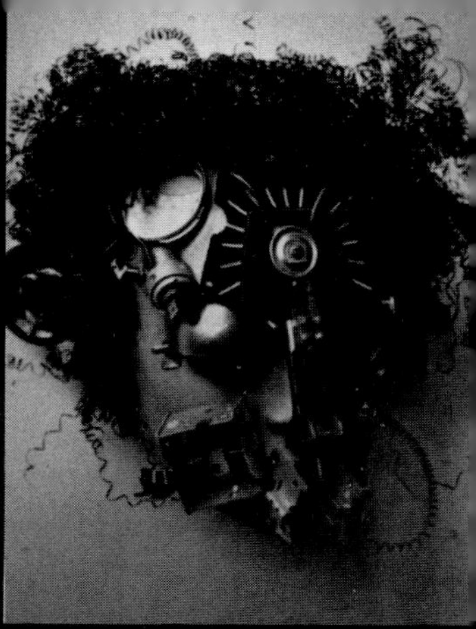
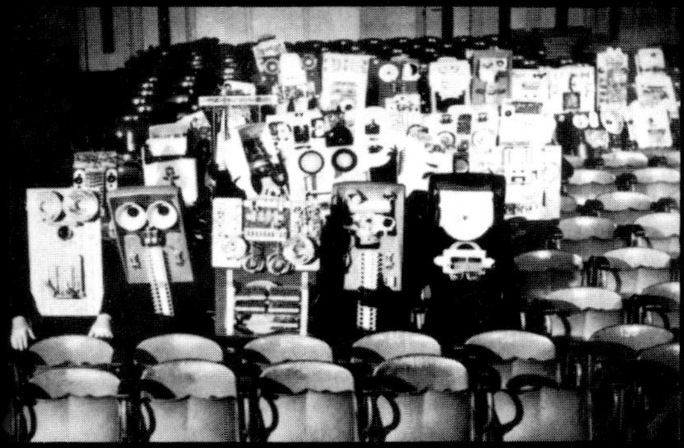
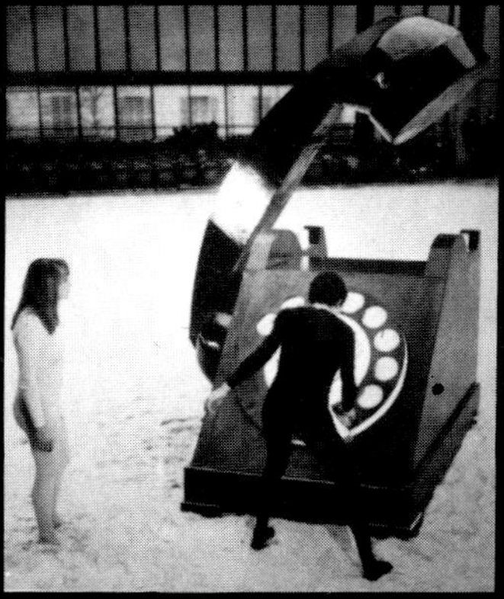
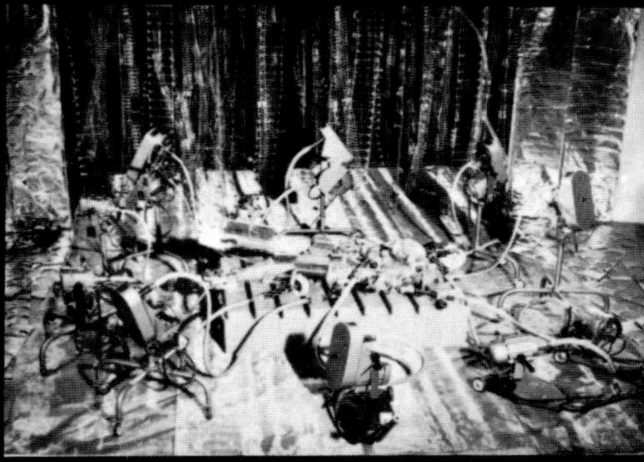
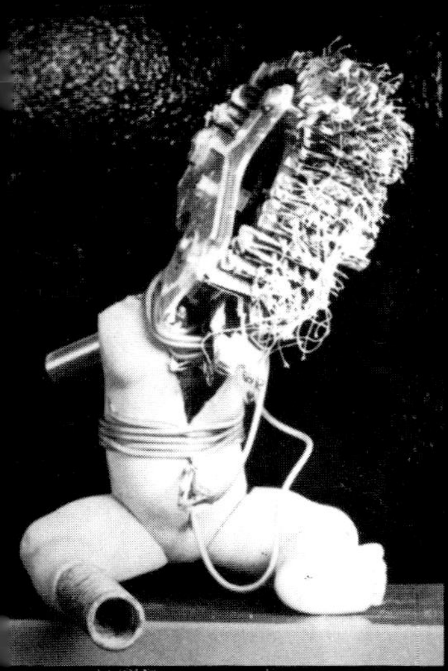
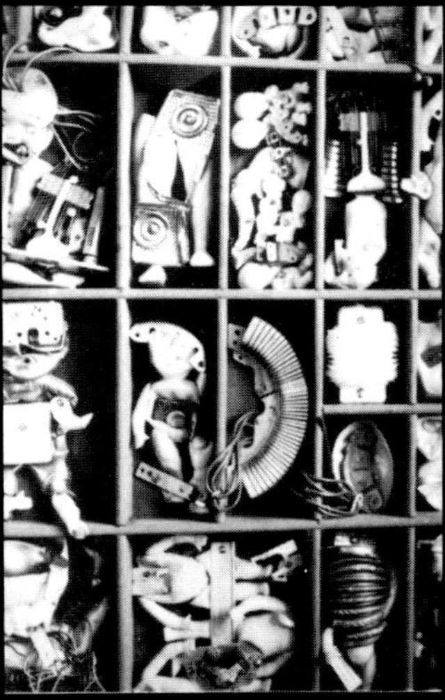
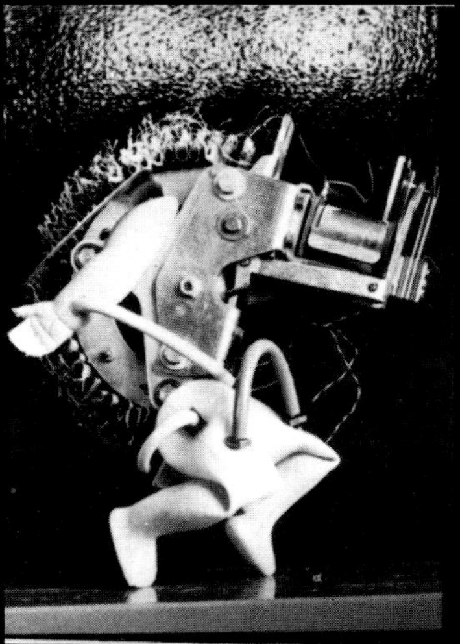
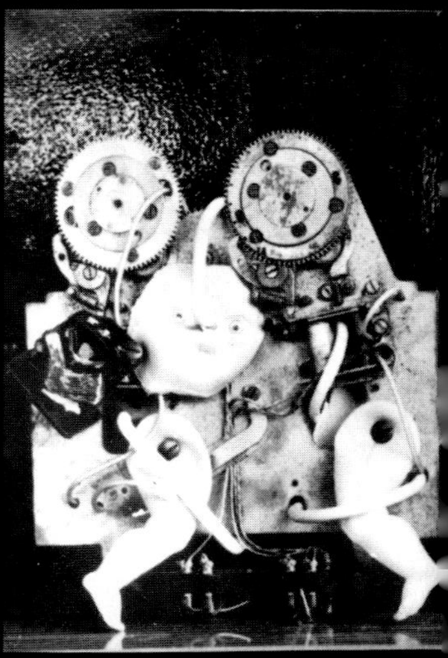
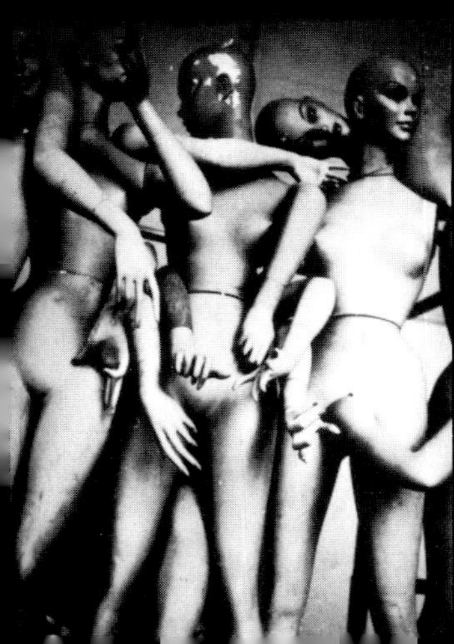
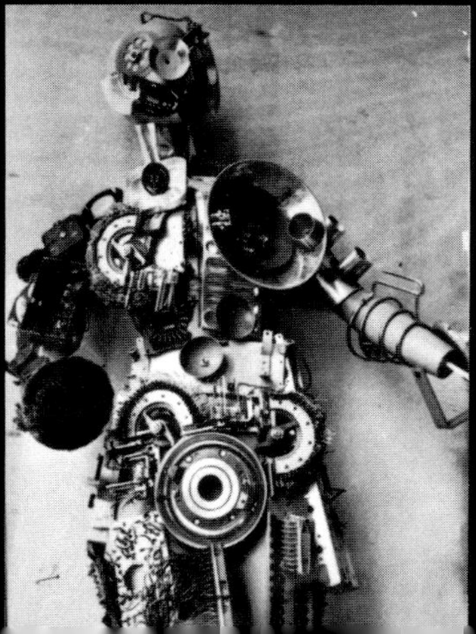
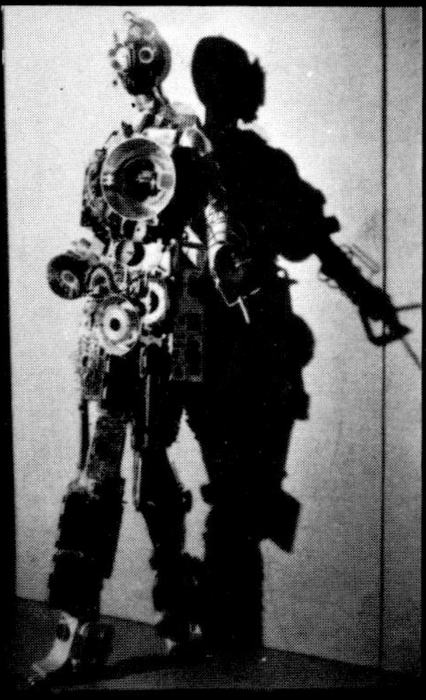
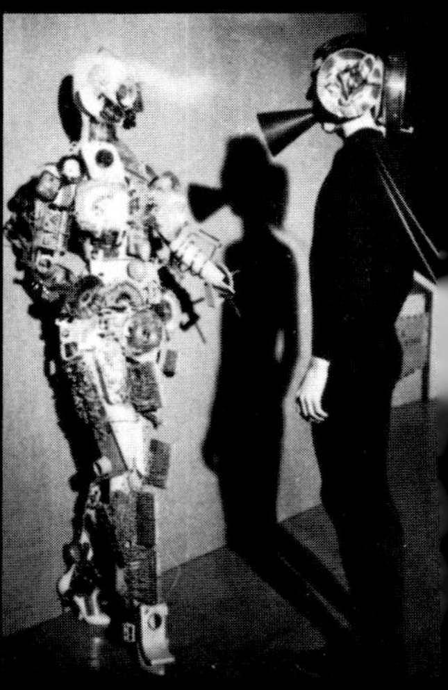

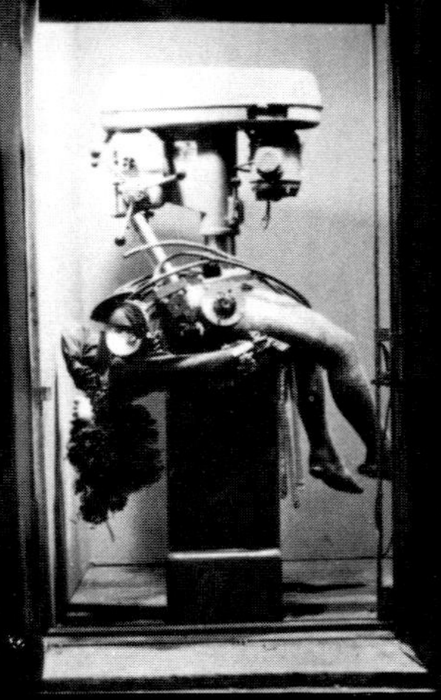

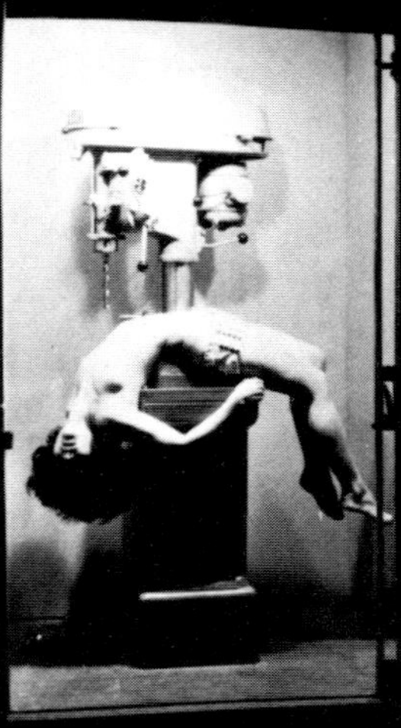

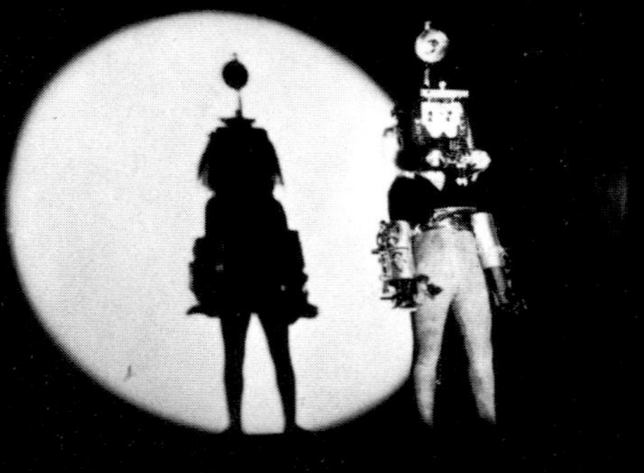

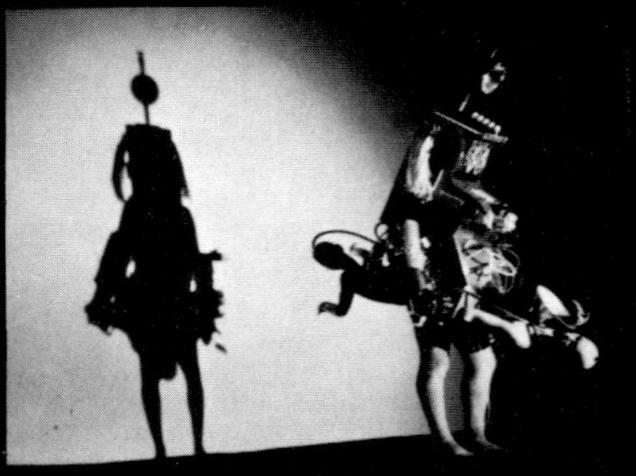

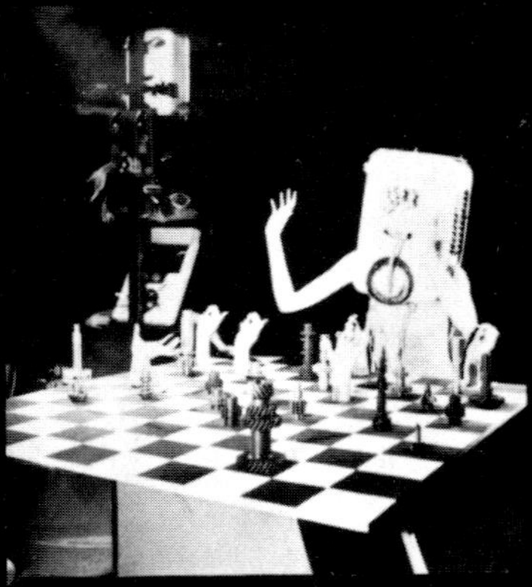

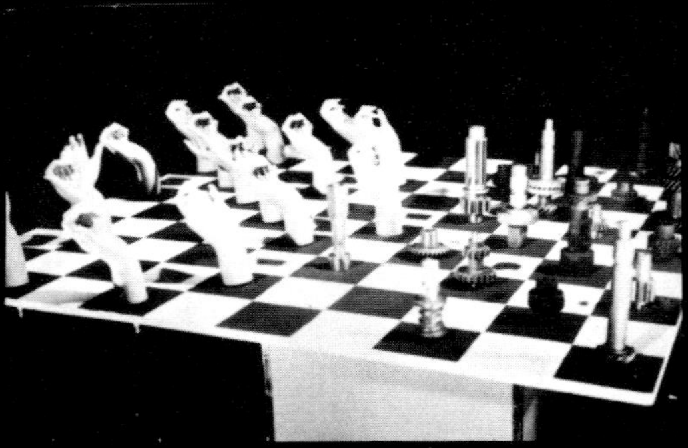

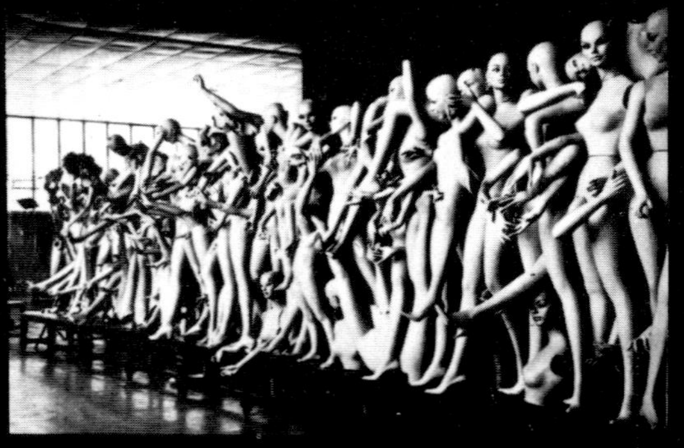

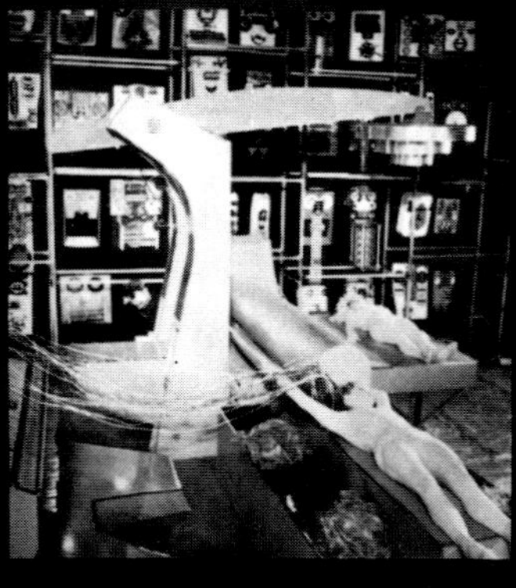

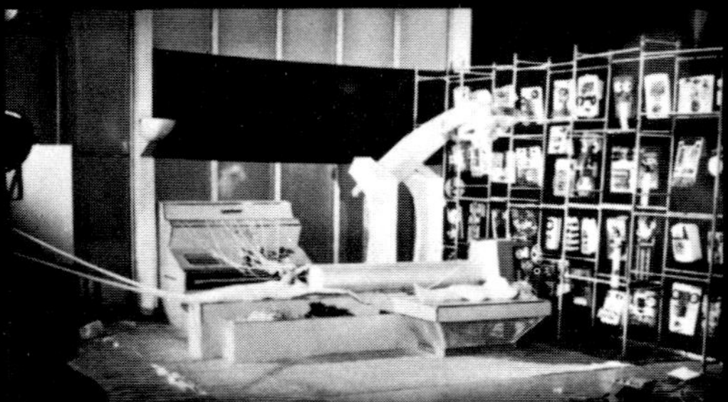

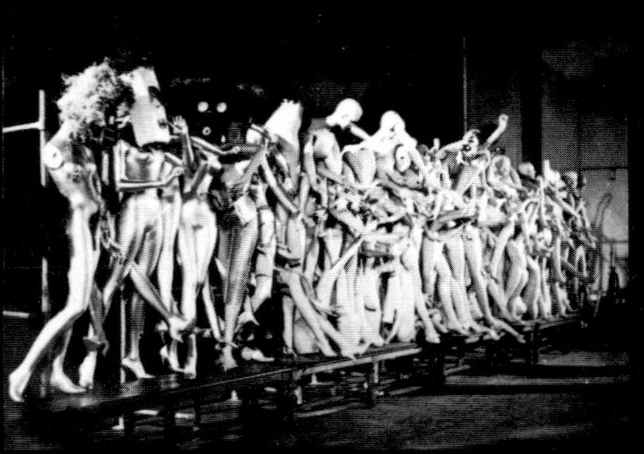

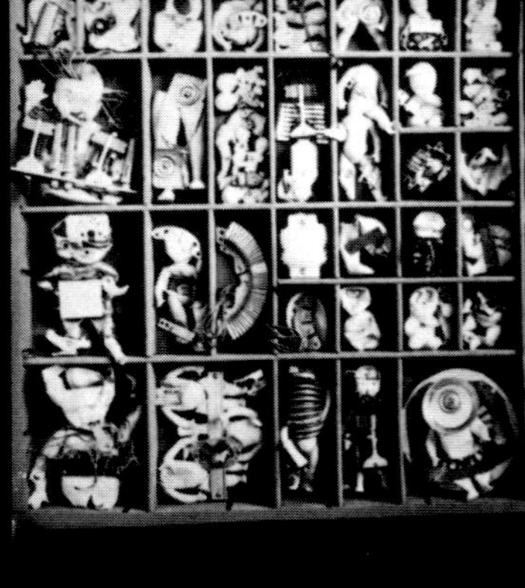

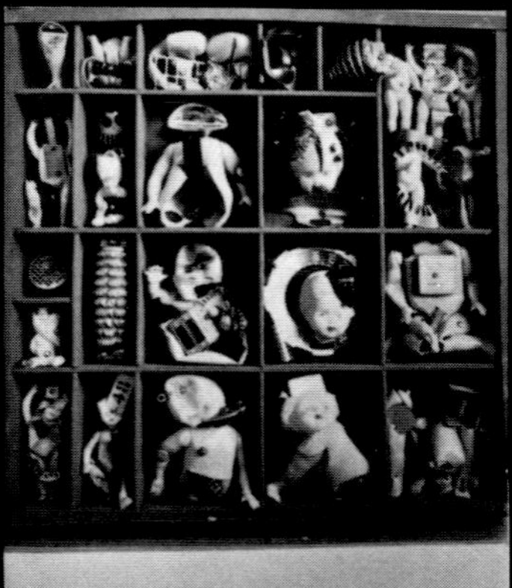

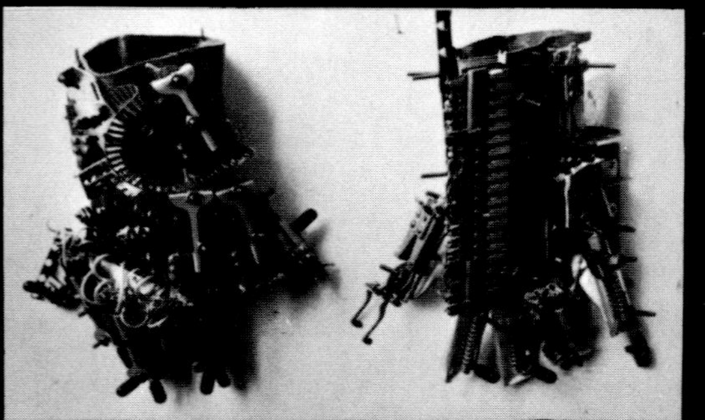

SERIE: THE SYMPATHETIC NERVE SYSTEM, 1960-1962

1. Cirque pulmonaire (cm 100x65)
   coll. Salomon, Paris
2. Chercheur d'images (cm 81x65)
   coll. Aghion, Paris
3. Mère scorpion attaquée par un boomerang (cm 65x81)
   coll. Priv., Milano
4. La compression d'un nerf (cm 100x76)
   coll. Galerie Haaken, Oslo
5. Petite solution du système nerveux sympathique (cm 81x60)
   coll. Priv., Milano
6. The 29 senses (cm 80x40)
   coll. Scacchi, Milano
7. Totemseller (cm 75x55)
   coll. Priv., Milano
8. Nerfs crâniens (cm 100x75)

9. The key for the sympathetic nerve system (cm 200x300)
   coll. Lorenzin, Milano

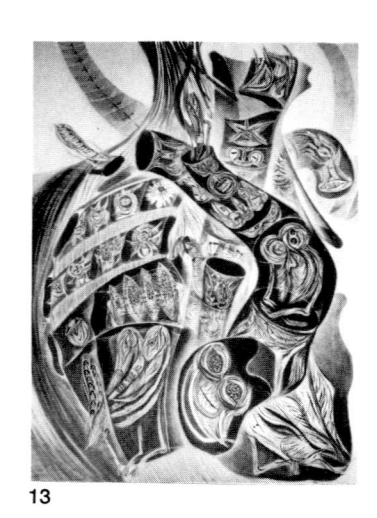

10. Tête de nerf motrice (cm 45x35)
    coll. Hiquily, Paris
11. Lady Jane (cm 55x38)
    coll. Brusse, Paris
12. Le bassin d'attitudes (cm 130 x 81)
    coll. Galleria L'Attico, Roma
13. Dans les nerfs mixtes (cm 100x70)
    coll. Cordier, Paris
14. Marylin Monroe (cm 100x60)
    coll. Hamburski, Bruxelles
15. Testa simpatica dei nervi (cm 92x65)
    coll. Galleria Il Canale, Venezia

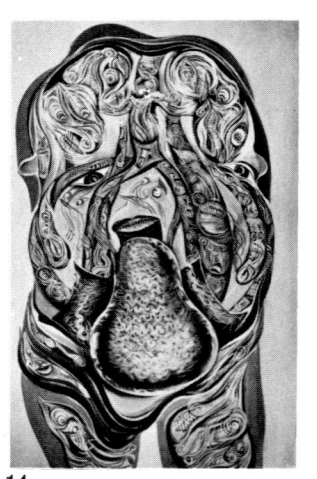

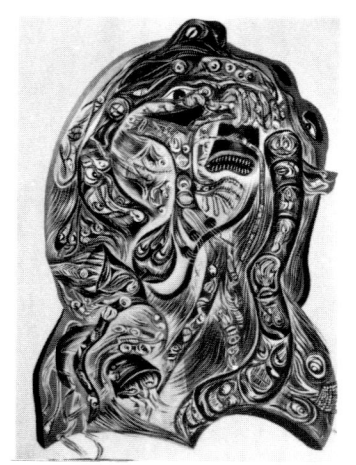

SERIE: LES NAGES, 1962

1. Virgins bathing in Jungdoms-Brunnen (cm 97x130)
2. La pêcheuse (cm 100x50)
3. Swimming twins (cm 100x65)
4. Vacance en Grèce (cm 130x97)
   coll. Studio Marconi, Milano

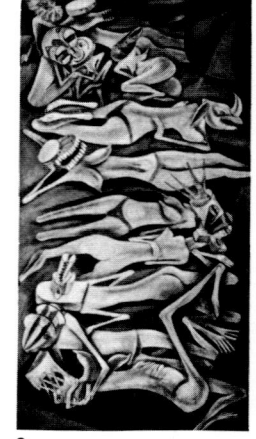

5. The conductors of the Gulf Stream
   (cm 200x130)
   coll. Magalio, Paris
6. Santroppo (cm 100 x 200)
   coll. Robert Lebel, Paris
7. Vacance marine (cm 97x130)
   coll. Givaudan, Genève

SERIE: SPRINGLAND, 1961-1962

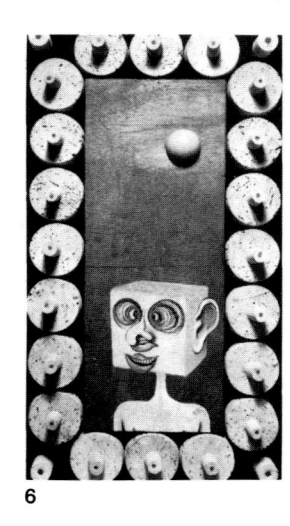

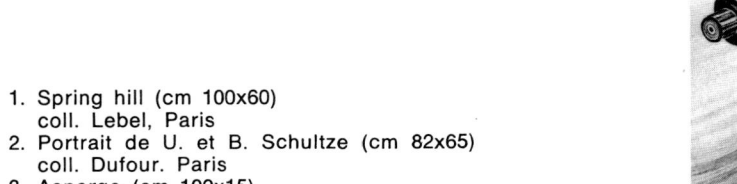

1. Spring hill (cm 100x60)
    coll. Lebel, Paris
2. Portrait de U. et B. Schultze (cm 82x65)
    coll. Dufour, Paris
3. Asperge (cm 100x15)
    coll. Lebel, Paris
4. Spring (cm 100x100)
5. Toupies (cm 50x40)
    coll. Serbib, Paris
6. Blue moon (cm 80x40)
    coll. Béguier, Paris
7. The witch (cm 40x25)
    coll. Rusconi, Milano
8. Mountain settlers (cm 80x65)

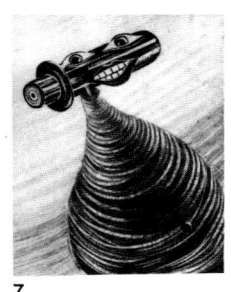

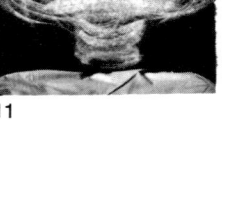

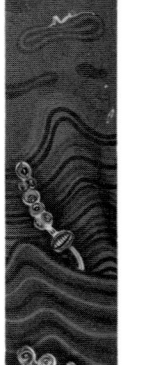

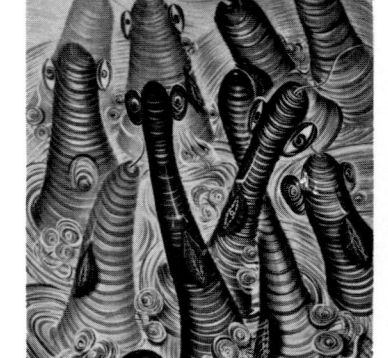

9. Spring love (cm 72x16,5)
10. Volcanic interiors (cm 100x62)
    coll. Lemaitre, Paris
11. Spring ghost (cm 40x40)
    coll. Magalio, Paris
12. How to become sea-sick (cm 65x45)
13. Long Spring (cm 78x20)
14. Le maréchal Vague De La Chiotte
    (cm 100x65)
    coll. Galerie Fels, Paris
15. Tri-mouth (cm 35x24)
16. The cemetery for virgins (cm 81x61)
    coll. Magalio, Paris

SERIE: SEX-TRÉMITÉS, 1958-1969

1. Pricknic (cm 100x65)
   coll. Galleria Il Punto, Torino
2. Première leçon d'amour (cm 55x38)
   coll. Priv., Düsseldorf
3. Croco-unicorn (cm 200x100)
   coll. Linnuste, Stockholm
4. Barbe-Bleue (cm 70 x 60)
5. Hercule and the 22 sisters (cm 100 x 65)
   coll. Galerie Sydow, Frankfurt
6. Adam and Eve (cm 200x100)
   coll. Huchet, Paris

7. 69 (cm 200x300)
   coll. Verbrugghen, Saint-Lievens-Houtem
8. Licking Modigliani (cm 60x75)
   coll. Cordier, New York
9. Démonstration théâtrale (cm 128x80)

10. Flux De La Sharpville Asexué (cm 200x300)
11. Troisième leçon d'amour (cm 89x50)
    coll. Abbou, Paris
12. Impossible love-affair (cm 81x65)
13. Deuxième leçon d'amour (cm 75x55)

SERIE: ABOLITION DES RACES, 1959-1963

1. Allaitement (cm 65x50)
   coll. Verbrugghen, Saint-Lievens, Houtem

2. Abolition des races (pour Nina Thoeren) (cm 200x300)
   coll. Rasmussen, Paris

3. The misfits (cm 130x97)
coll. Priv., Paris

4. Les rats-cistes (cm 200x130)

85

SERIE: MATERNITES, 1961-1962

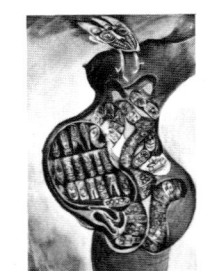

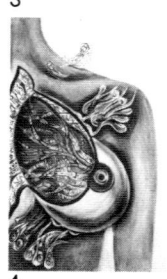

1. Maternité industrielle (cm 50x100)
   coll. Priv., Milano
2. La Madone au biberon (cm 100x65)
3. Multi-maternité (cm 61x38)
   coll. De Solier, Paris
4. The Milky Way (cm 65x40)

5. Birth without pain (cm 200x300)
   coll. Van Ingen, New York

SERIE: LES VACANCES EN SUISSE, 1959-1965

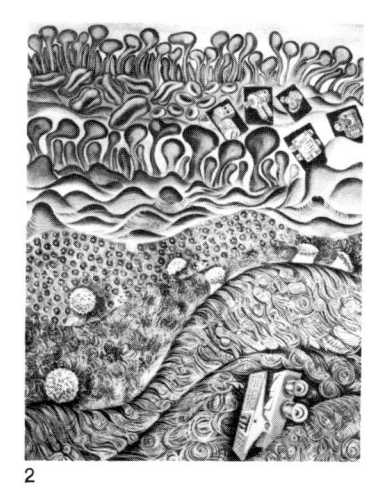

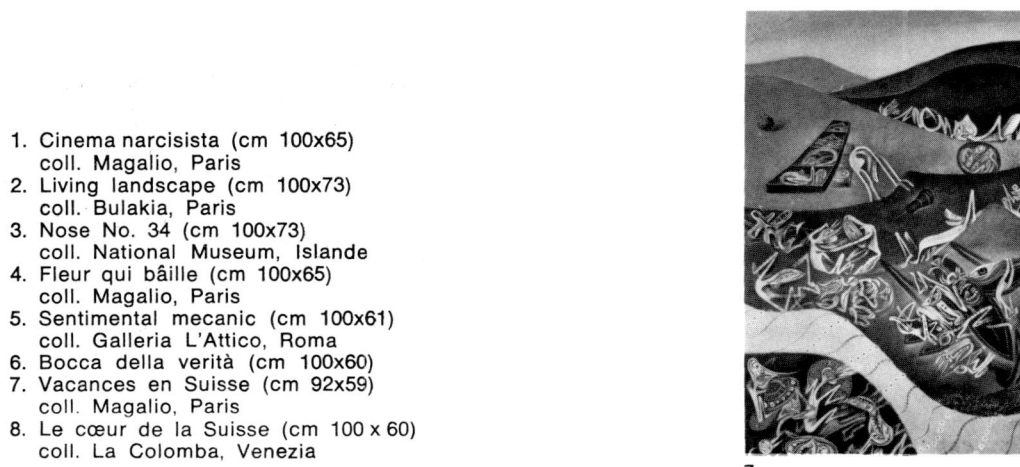

1. Cinema narcisista (cm 100x65)
   coll. Magalio, Paris
2. Living landscape (cm 100x73)
   coll. Bulakia, Paris
3. Nose No. 34 (cm 100x73)
   coll. National Museum, Islande
4. Fleur qui bâille (cm 100x65)
   coll. Magalio, Paris
5. Sentimental mecanic (cm 100x61)
   coll. Galleria L'Attico, Roma
6. Bocca della verità (cm 100x60)
7. Vacances en Suisse (cm 92x59)
   coll. Magalio, Paris
8. Le cœur de la Suisse (cm 100 x 60)
   coll. La Colomba, Venezia

9. Background orchestra (cm 100x65)
   coll. Laurini, Milano
10. Miss Nevermore (cm 100x60)
    coll. Galleria L'Attico, Roma
11. Elisabeth of Austria taking her children for a walk (cm 100x75)
    coll. Galleria L'Attico, Roma
12. Retour de vacances de Suisse (cm 89x65)
    coll. Galerie Saint-Germain, Paris
13. Madame Cranach listening to television (cm 125x56)
14. Eyewitness (cm 100x73)
    coll. Priv., Paris
15. Lunes microbiennes (cm 116 x 65)
    coll. Galleria L'Attico, Roma
16. Le moteur de folie (cm 116x81)
17. La poire tigrée (cm 100x65)
    coll. Bokanowski, Paris
18. The wife of Eddy Sacks (cm 100x73)
    coll. Galleria L'Attico, Roma

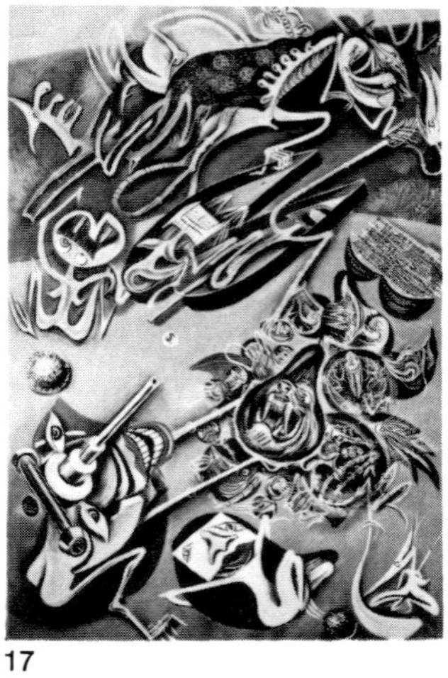

19
20
21
22
23

19. La Symphonie pastorale (cm 100x65)
    coll. Rasmussen, Paris
20. Miss eye-loser (cm 116x71)
    coll. Béguier, Paris
21. La révolution suisse (cm 130 x 130)
    coll. Charmet, Paris
22. Badinguet se refuse à boire (cm 116x65)
    coll. Aghion, Paris
23. Les expirées (cm 116x65)
    coll. Katz, Paris
24. La piqûre générale (cm 100x100)

24

25. La tarte électronique (cm 65 x 81)
    coll. Del Vayo, Caracas
26. Le pied noir (cm 100x130)
    coll. Boulakia, Paris
27. Virgins feeding flowers (cm 200x100)
    coll. Boulakia, Paris
28. Usine de Suisse (cm 65x100)
    coll. Boulakia, Paris
29. Drop in the Eye (cm 110x65)
30. Poker avec Max Ernst (cm 130x97)

31. Facteurs du printemps (cm 200x300)
    coll. Galleria L'Attico, Roma
32. Entrée d'Henri IV à Paris (cm 116x73)
    coll. Lawrensson, New York
33. The Koala Wedding (cm 125x55)
    coll. Galerie Buchholz, München
34. The temptation of St. Anthony by a Remington (cm 65x100)
    coll. Bat-Josef, Jerusalem
35. Picasso's Eye (cm 120x97)
    coll. Brook Street Gallery, London

SERIE: PORTRAITS, 1959-1965

1. La fine taille de la reine de « Phases » (réponse à un coup de téléphone en février 1960) (cm 130x175)
   coll. Galleria L'Attico, Roma
2. Henry Kréa (cm 100x70)
   coll. Kréa, Paris
3. Autoportrait (cm 82 x 65)
   coll. Bat-Josef, Jerusalem
4. Jean black telephone (cm 80x40)
   coll. Parham, Chicago
5. Yves Klein (cm 54x65)
   coll. Galerie Sydow, Frankfurt

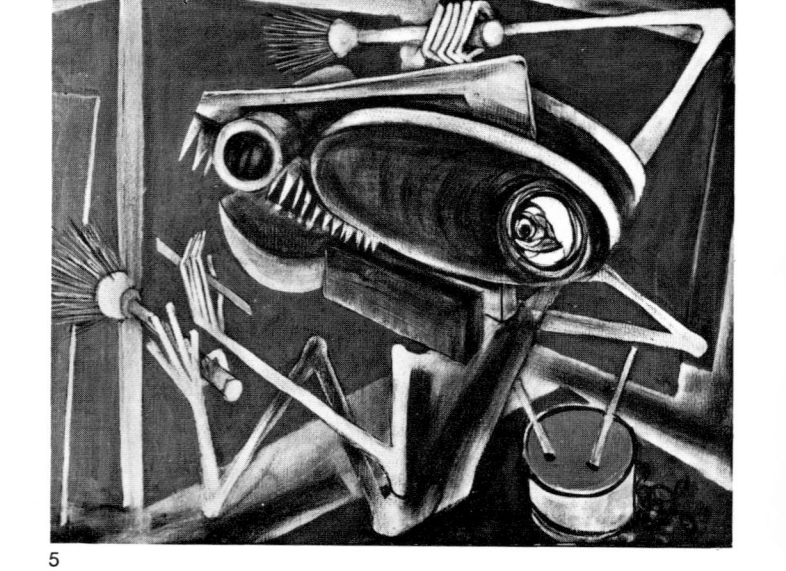

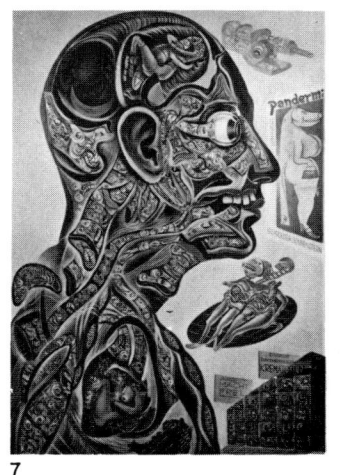

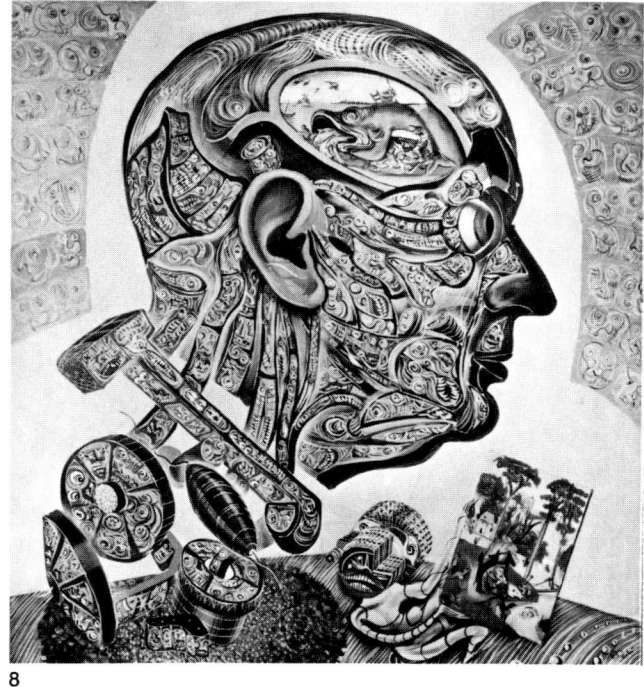

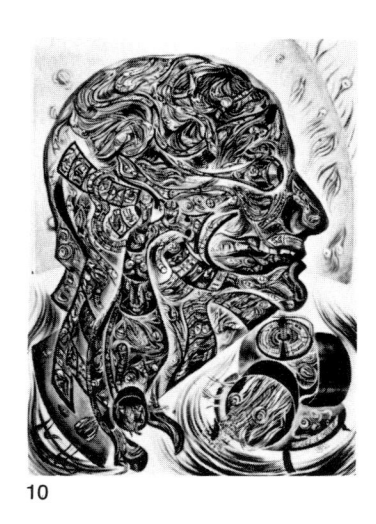

6. Gambier De Laforterie (cm 65x100)
   coll. De Laforterie, Paris
7. Lazlo (cm 100x65)
   coll. Lazlo, Bâle
8. Soma René de Solier (cm 80x73)
   coll. De Solier, Paris
9. L'architecte Attali (cm 100x65)
   coll. Attali, Paris
10. Robert Lebel (cm 100x65)
    coll. Lebel, Paris
11. Les Licatas (cm 50x80)
    coll. Licata, Venezia
12. Mary Knopka (cm 70x100)
    coll. Priv., Paris
13. « The poet » (Alain Jouffroy) (cm 146x97)
    coll. Priv., Paris

**SERIE: L'APPETIT PICTURAL,
1963-1964**

1. Les Klee-o-phages (cm 63x80)
2. Catholic footprints (cm 100x100)
3. Appétit Vasarely (cm 81x74)
4. Les Miròphages (cm 116x73)
   coll. Priv., Milano
5. Appétit Youngerman (cm 60x40)
   coll. Youngerman, New York
6. L'appétit Op (cm 65x100)
7. Les Mondrian-o-phages (cm 130x97)
   coll. White, London

8. Magnelli (cm 100x61)
9. Appétit Baumeister (cm 85x75)
    coll. Galleria Schwarz, Milano
10. Appétit Capogrossi (cm 97x130)
    coll. Galerie Haaken, Oslo
11. Appétit Matisse (cm 100x73)
    coll. Di Dio, Paris
12. Léger appétit (cm 89x50)
    coll. Frigerio, Paris
13. Appétit Kandinskij (cm 90x70)
    coll. Stein, New York

SERIE: L'APPETIT EST UN CRIME, 1962-1964

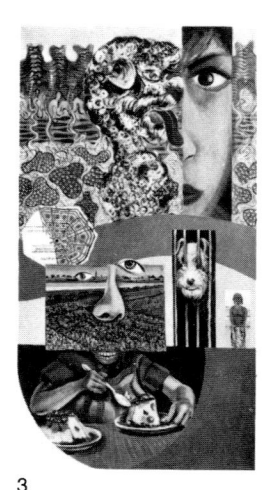

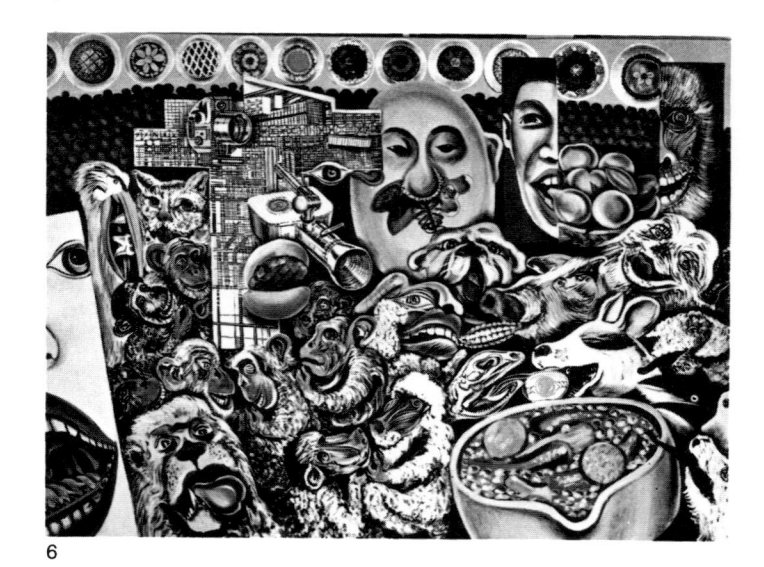

1. La faim de spaghetti (cm 116x73)
   coll. Galleria Schwarz, Milano
2. One eats another (cm 97x130)
   coll. Priv., Paris
3. La tarte hollandaise (cm 100x60)
   coll. Spertus Gleneoe, Illinois
4. In the sea of Bosch (cm 65x100)
   coll. Gudmundsson, Tèl-Avi'v
5. Diter Rot around the cake (cm 90x50)
   coll. Priv., Caracas
6. Cassoulet out of focus (cm 97x130)
   coll. Serbib, Paris
7. Le dix-huitième jour (cm 73x81)
   coll. Matta, Paris
8. Cocktail of Rat Brain (cm 101x114)
   coll. Duperrier, Paris

9. L'appétit est un crime (cm 200x300)
coll. F. et J. Delerue,
Le Vivier Coutevroult

10
11
12
13

10. The toothache of the Last Supper
    (cm 82x60)
    coll. Fahlström, New York
11. Strawberries for Einstein
    (cm 116x51)
12. La fraise mère (cm 100x65)
    coll. Magalio, Paris
13. Dr. Livingstone l'am sure
    (cm 100x65)
    coll. Clark, London
14. Appétit supersonique (cm 100x55)
15. Birds eating airplanes (cm 116x73)
    coll. Mansour, Paris
16. L'appétit rêve (cm 100x60)
    coll. White, London

14
15
16

97

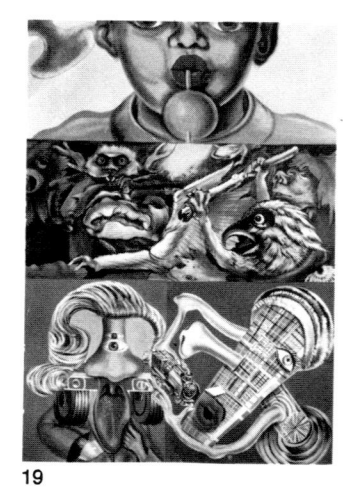

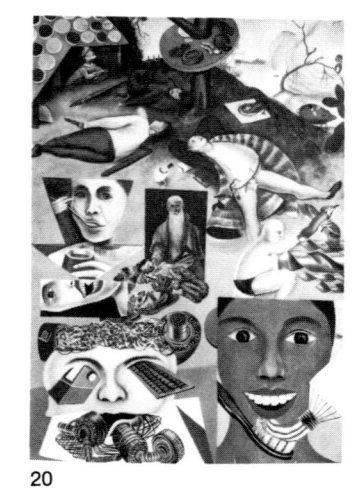

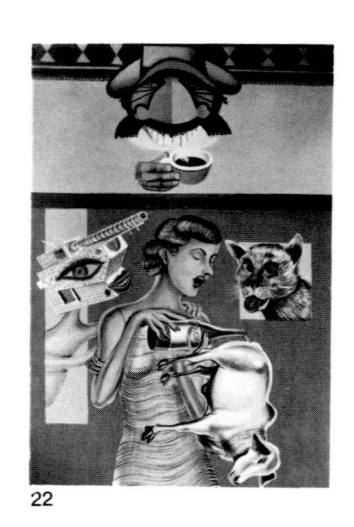

17. Appétit Mécanique, Appétit Hieronimus, Appétit Pédagogique (cm 65x100)
    coll. Galleria Schwarz, Milano
18. L'appétit de Gauguin (cm 75x60)
    coll. Del Vayo, Caracas
19. Déjeuner à Colmar (cm 100x65)
    coll. Bat-Josef, Jerusalem
20. Le dentifrice Breughel (cm 97x65)
21. The tomato soup (cm 92x65)
22. Café Paulista (cm 100x65)
    coll. Boulakia, Paris
23. Eating of San Marco (cm 100x65)
24. L'appétit Picasso (cm 97x65)
    coll. Del Vayo, Caracas

SERIE: LES OMBROMANIES, 1963

1. Henri IV 1610 (cm 65x100)
2. Marie-Antoinette 1793 (cm 65x97)
3. Shadows of De Sade (cm 65x100)
4. Talleyrand 1838 (cm 65x100)
5. Joséphine 1814 (cm 65x100)
   coll. Lawrenson, New York
6. Dietmann as Henri IV (cm 40x60)
   coll. Galleria Il Punto, Torino
7. De Villars 1734 (cm 65x100)
8. Viala Joseph 1793 (cm 65x100)
9. Jourdan 1833 (cm 65x100)

SERIE: RETOUR D'U.S.A., 1962-1963

3A. Guernica-1962 (cm 65 x 100)
coll. Priv. Boston

1. St. Patrick's day (cm 65x100)
   coll. Galleria Schwarz, Milano
2. Chinese attacking (cm 65x100)
   coll. Priv., Caracas
3. American vision (cm 65x100)
   coll. Galleria Schwarz, Milano
4. Van Gogh fishing in his own landscape
   (cm 65x100)
   coll. Galleria Schwarz, Milano
5. Renoir (cm 65x100)
   coll. Galleria Schwarz, Milano
6. Avignon-Texas (cm 65x100)
   coll. Galleria Schwarz, Milano

SERIE: COLLAGE NEW YORK, 1963

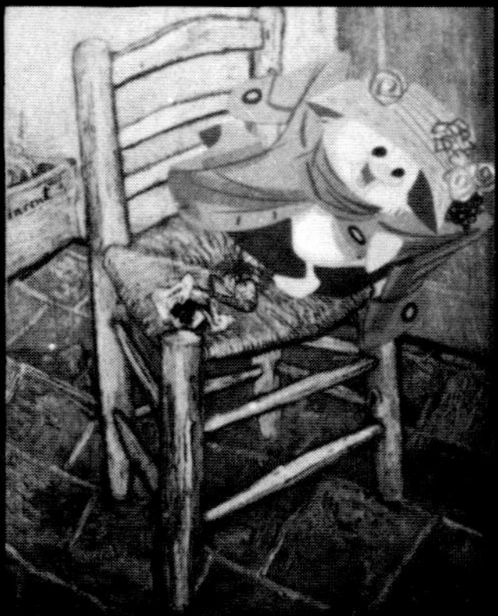
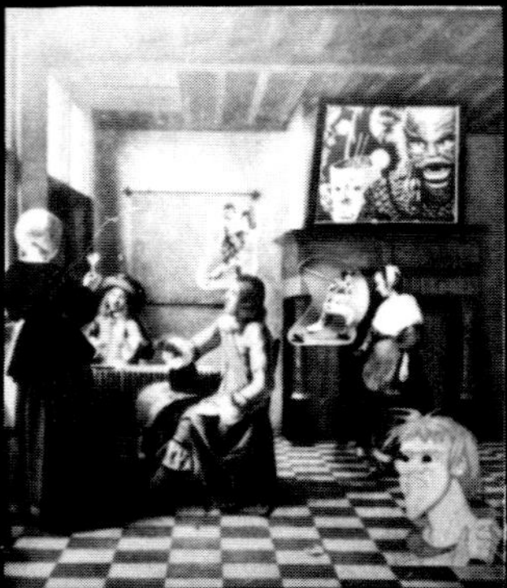
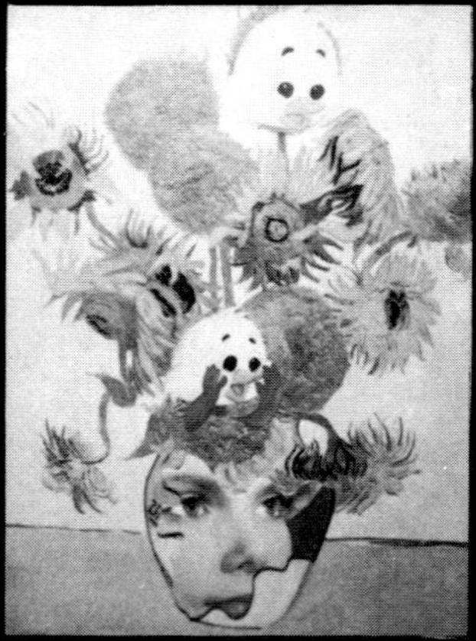
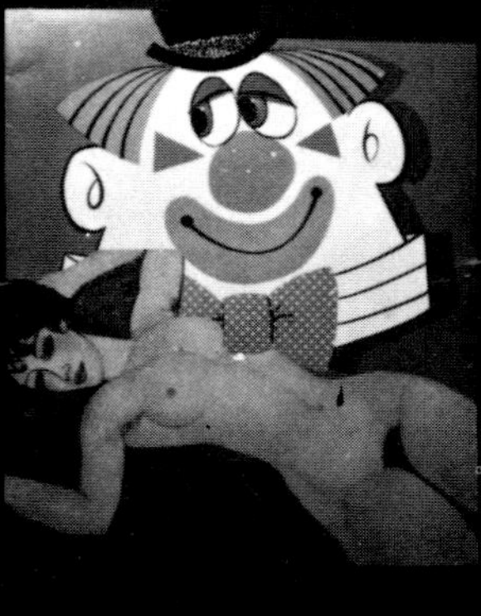
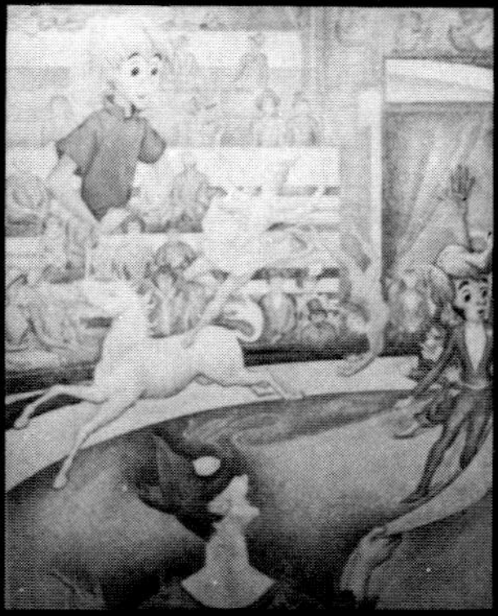
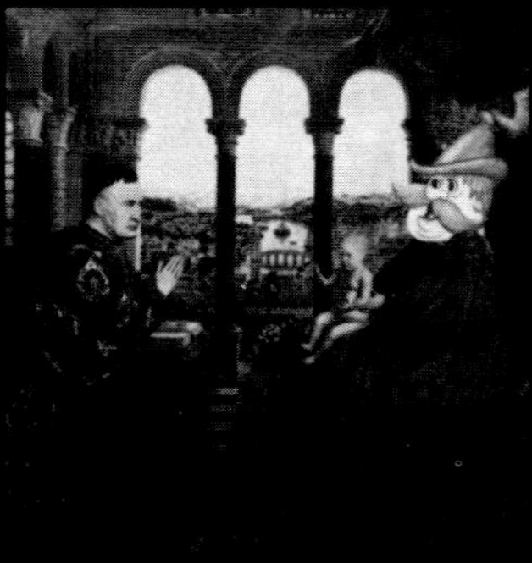
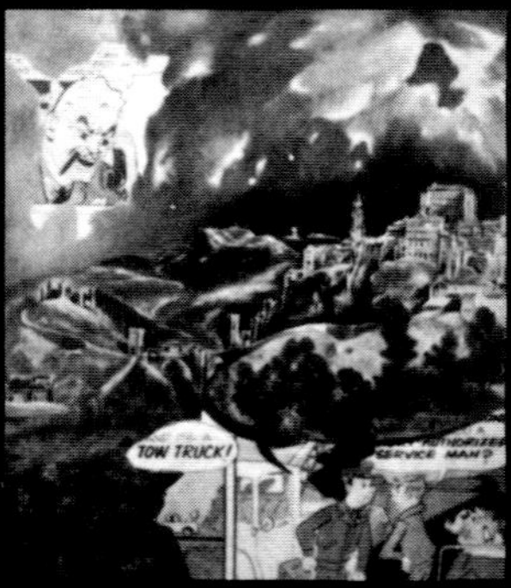
TOW TRUCK!
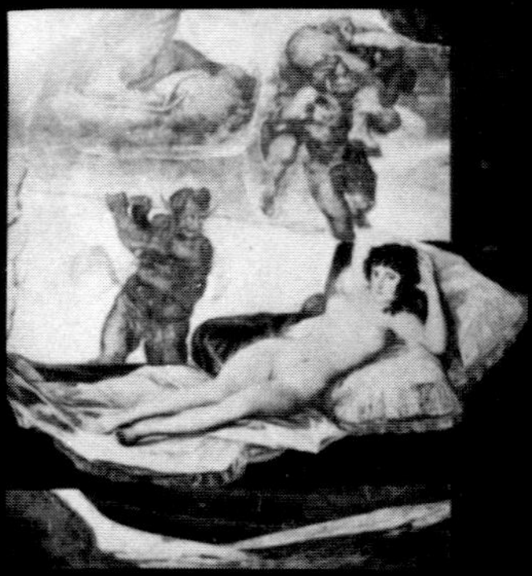
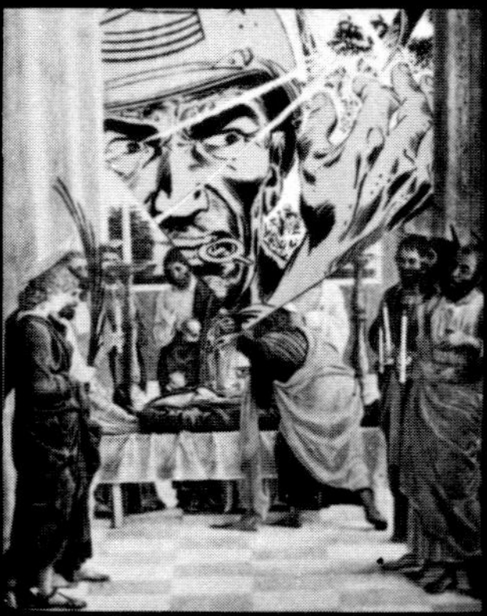
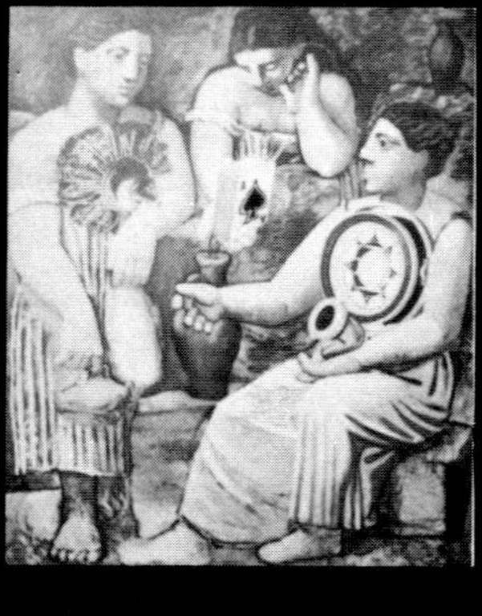
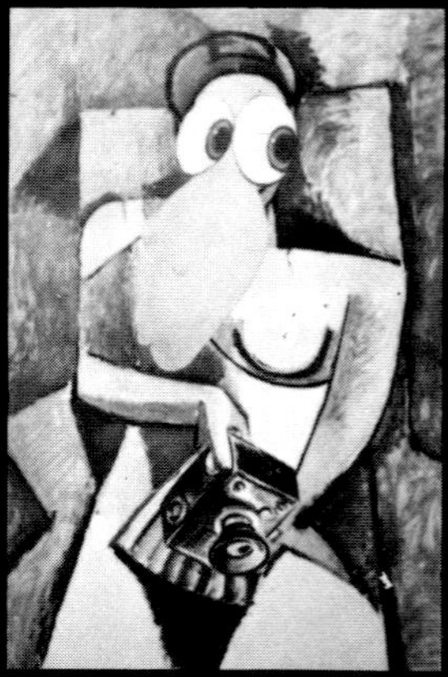
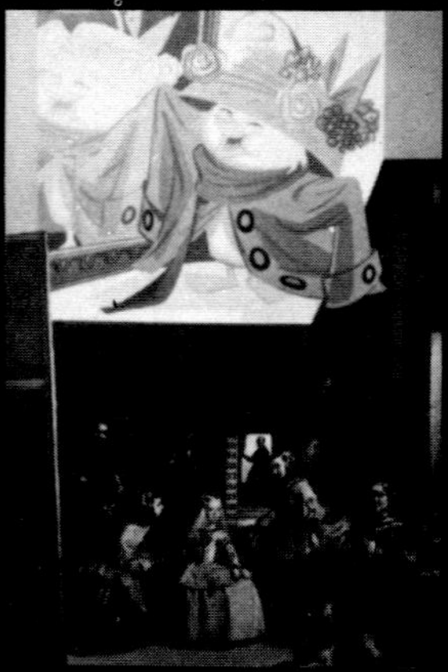
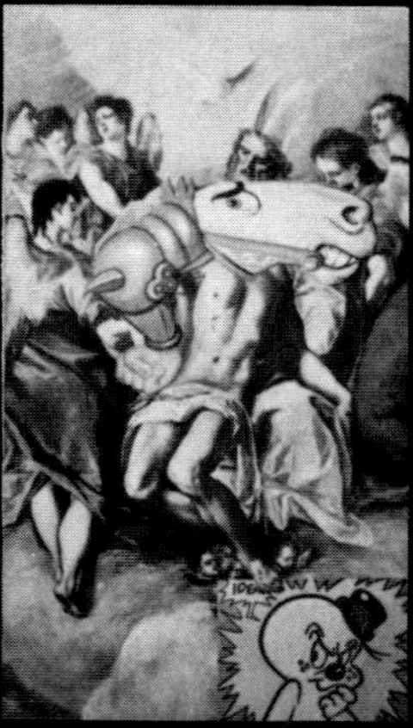
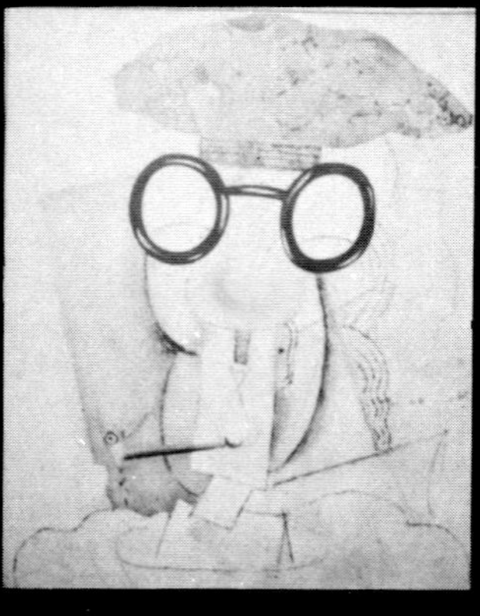
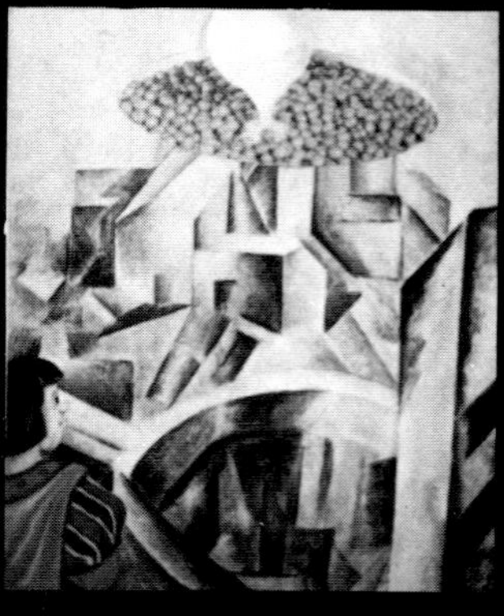
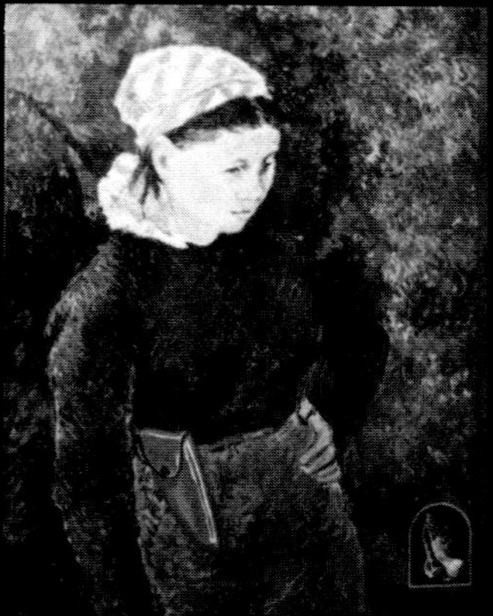

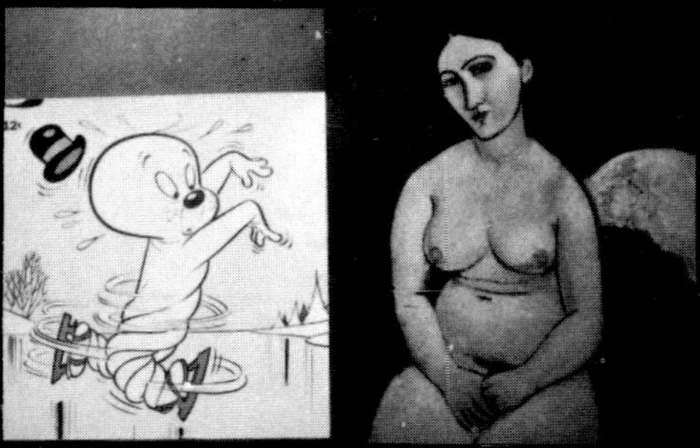
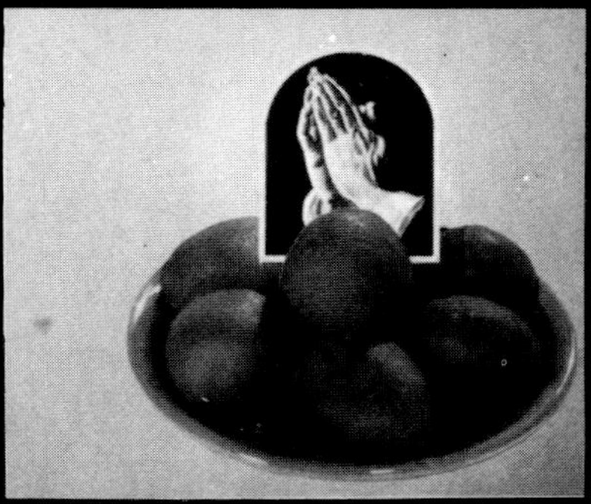
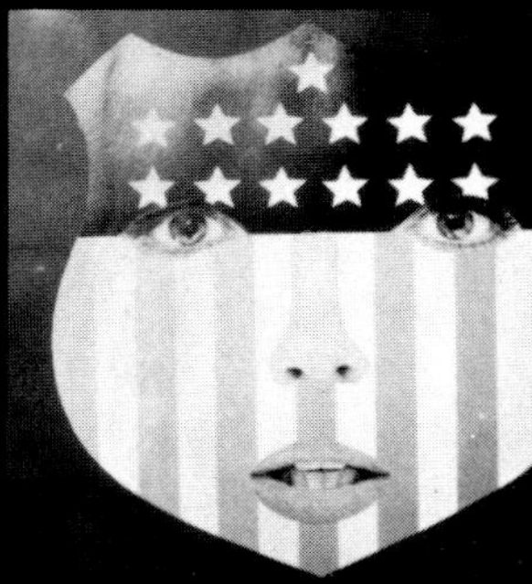
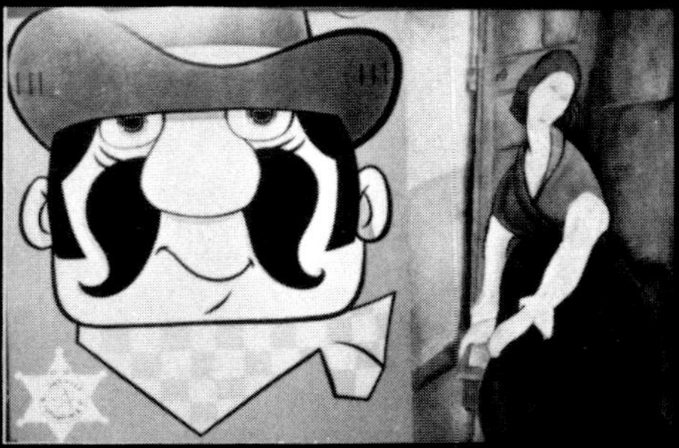
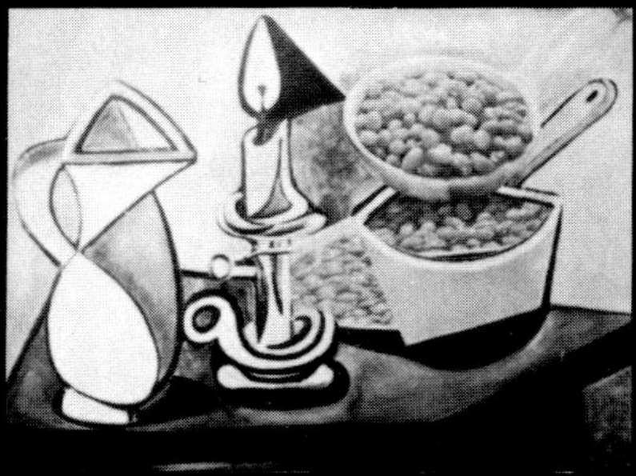
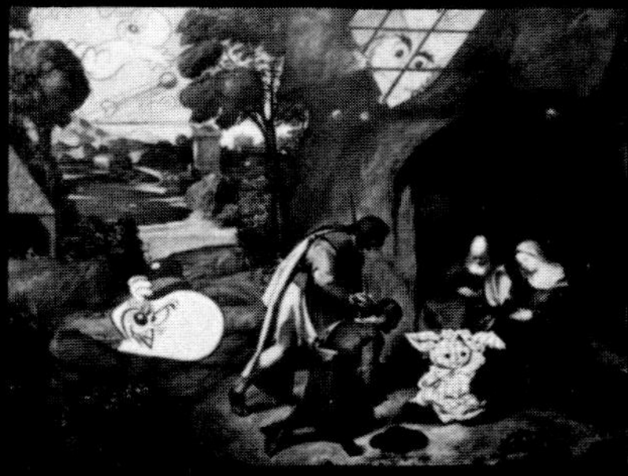
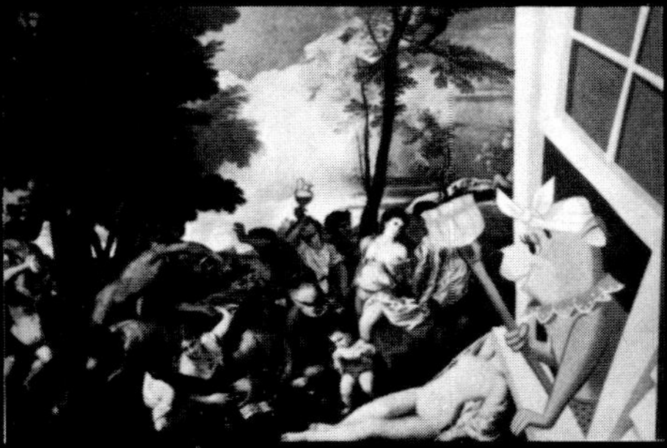
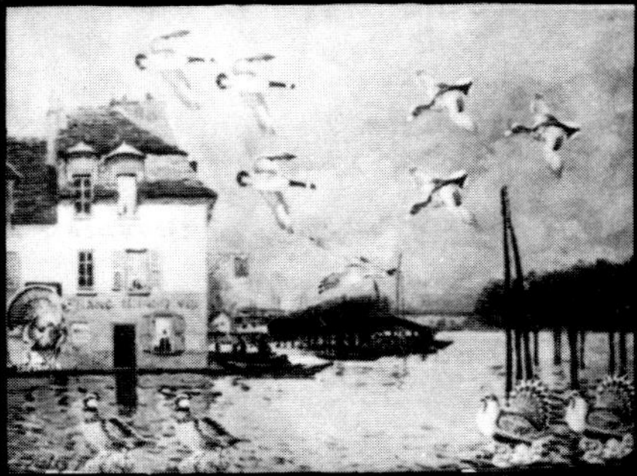
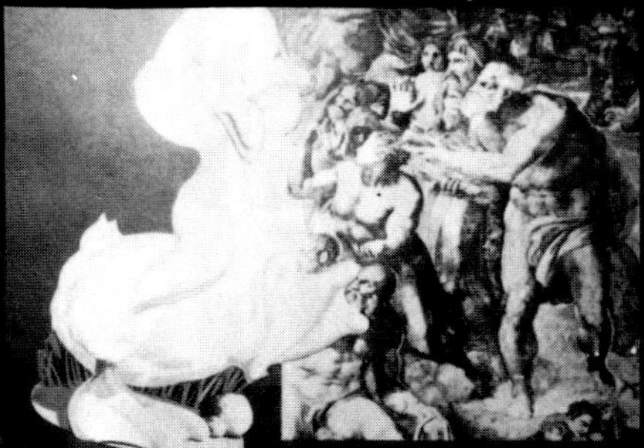
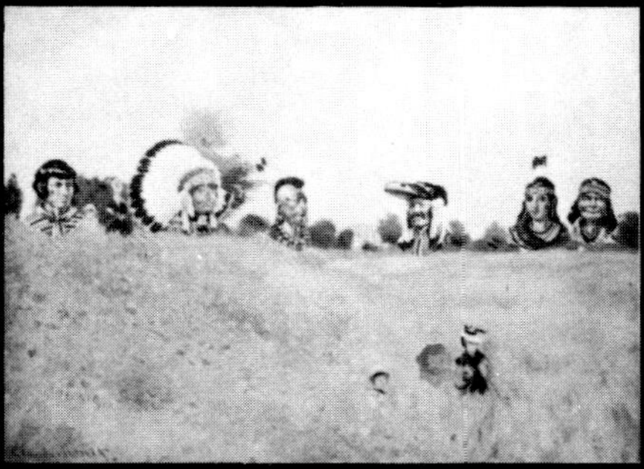
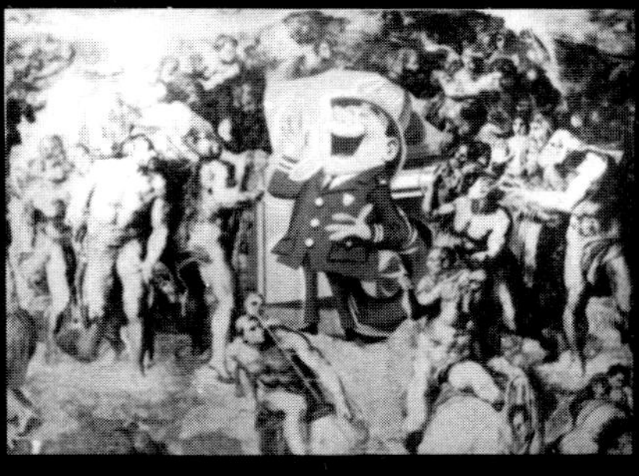
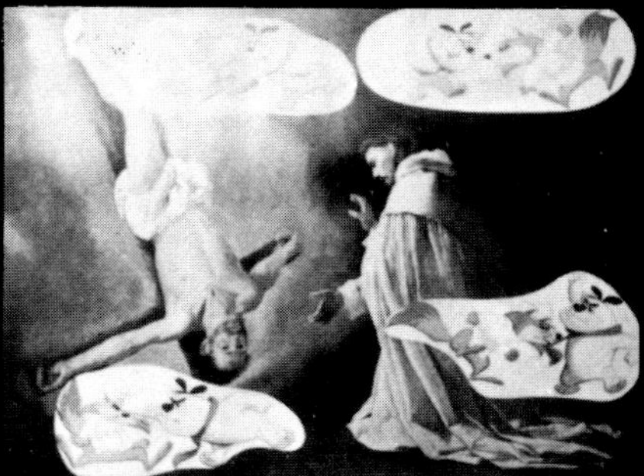
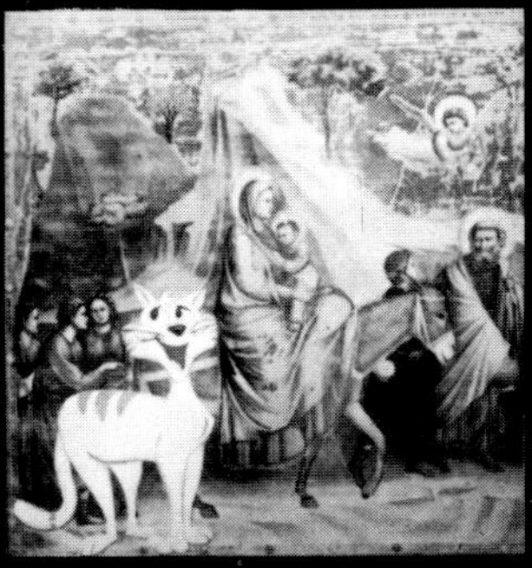
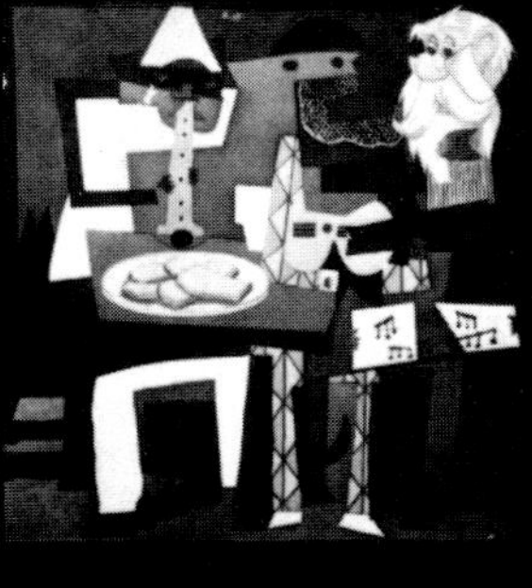
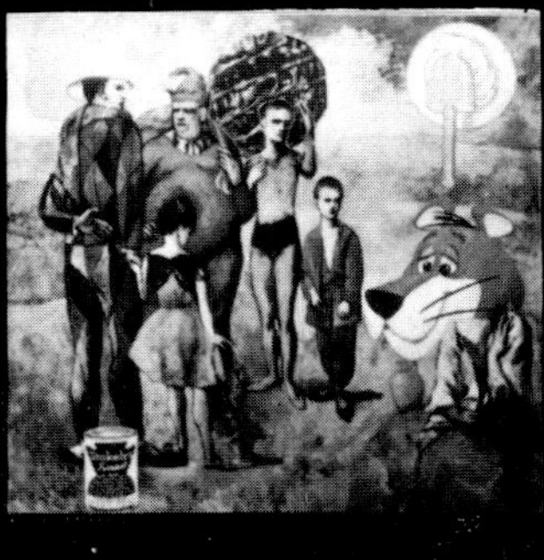
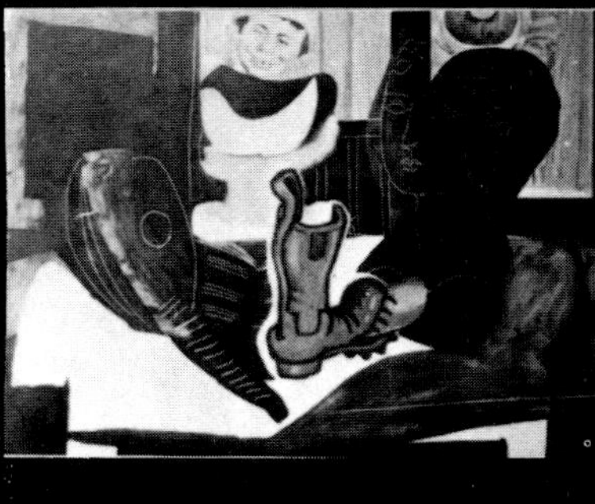
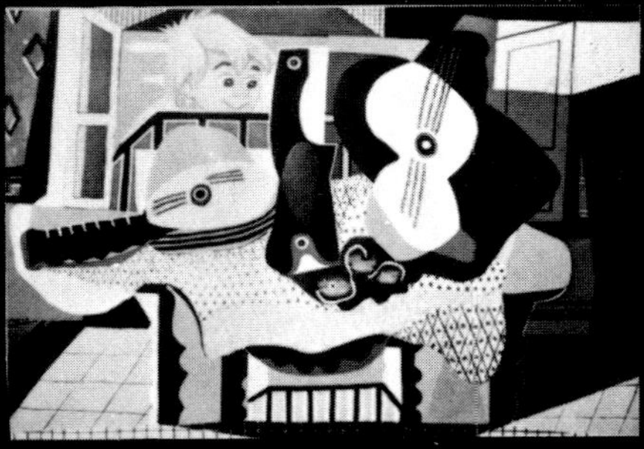
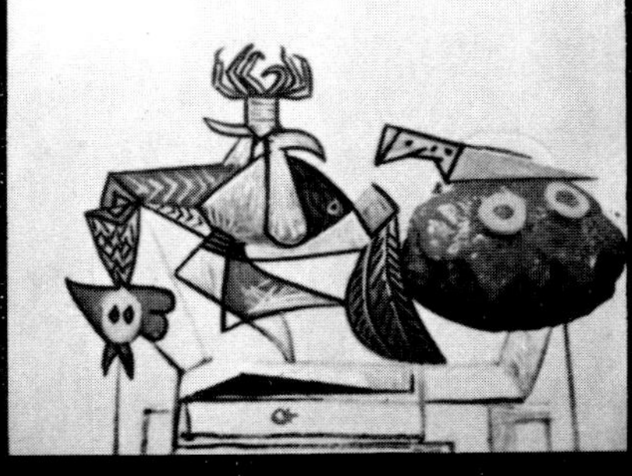
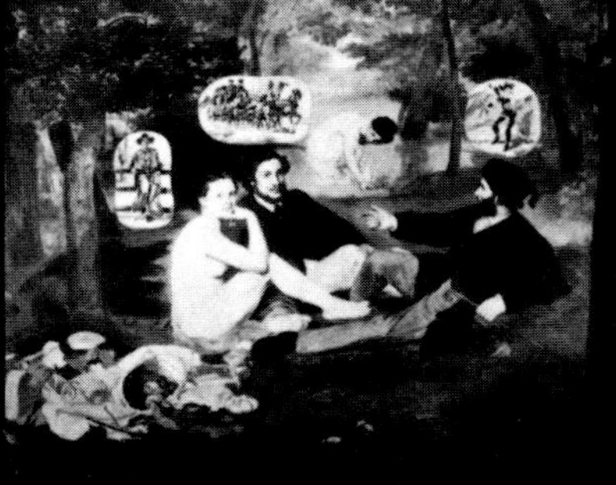

7. Croque-Monsieur (cm 65x100)
   coll. Saris, Paris
8. The small fox (cm 65x100)
   coll. Galleria Schwarz, Milano
9. Velázquez (cm 65x100)
   coll. Galleria Schwarz, Milano
10. Our George (cm 65x100)
    coll. Galleria Schwarz, Milano
11. Inside Christmas (cm 130x97)
    coll. Rasmussen, Paris
12. Old Man Maide (cm 65x100)
    coll. Galleria Schwarz, Milano
13. Our Vincent (cm 65x100)
    coll. Galleria Schwarz, Milano
14. Small tears for two (cm 65x100)
    coll. Galleria Schwarz, Milano
15. Valentine's day (cm 130x97)
    coll. Galleria Schwarz, Milano
16. American idols (cm 100x65)
    coll. Galleria Schwarz, Milano
17. Big tears for two (cm 130x200)

18. In the train (cm 65x100)
    coll. Galleria Schwarz, Milano
19. Pierrot (cm 100x65)
    coll. Del Vayo, Caracas
20. In the soup (cm 100x65)
    coll. Galleria Schwarz, Milano
21. The strawberry (cm 100x65)
    coll. Galleria Schwarz, Milano
22. For baby (cm 97x130)
    coll. Beguier, Paris
23. On the mount of Thonk (cm 65x100)
    coll. Galleria Schwarz, Milano
24. The big fox (cm 130x200)
    coll. Galerie Buchholz, München
25. 18 out (cm 100x65)
    coll. Serbib, Paris
26. After Guernica (cm 100x65)
    coll. Galleria Schwarz, Milano

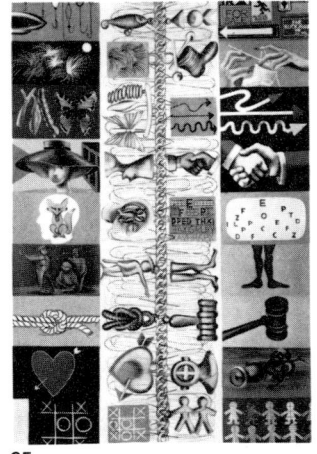

27. Baby Rockefeller (cm 200x300)
    coll. Galleria Schwarz, Milano

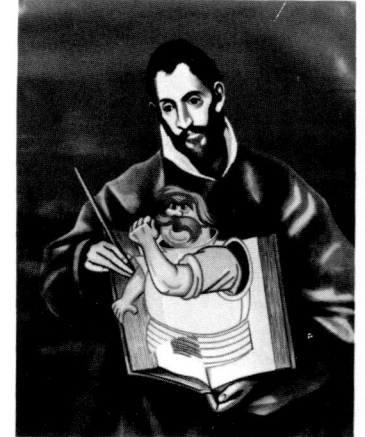

28. Cat food (cm 97x130)
    coll. Galleria Schwarz, Milano
29. The sheriff (cm 65x100)
    coll. Spertus Gleneoe, Illinois
30. Cargo (cm 100x81)
31. El Greco (cm 100x73)

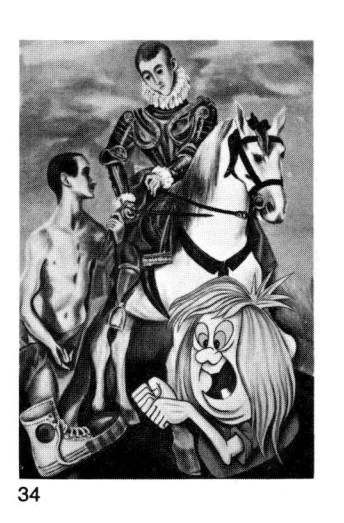

32. Dog food (cm 130x97)
    coll. Galleria Schwarz, Milano
33. Big Sabartes (cm 162x132)
    coll. Brownstone, Paris
34. The death of a sneaker (cm 100x65)
    coll. Galleria Schwarz, Milano
35. The Unaware (cm 100x65)
    coll. Galleria Schwarz, Milano
36. Boschflooded (cm 200x100)
    coll. Galleria Schwarz, Milano

37. Foodscape (cm 200x300)
    coll. Moderna Museet, Stockholm

38. Small Sabartes (cm 100x65)
    coll. Galleria Schwarz, Milano
39. The painter's Paradise (cm 100x65)
    coll. Galleria Schwarz, Milano
40. Stalingrad (cm 200x130)
    coll. Galleria Schwarz, Milano

SERIE: JUXTA-PAINTINGS, 1964-1966

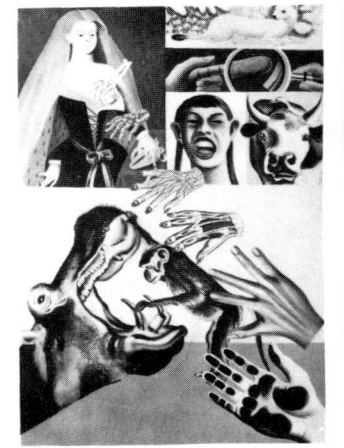

1. Private detective (cm 100x65)
   coll. Galerie Haaken, Oslo
2. The teletransfer of Wall Street (cm 200x130)
   coll. Tronche, Paris
3. Philippe IV vieillissant de 17 ans à travers les Beatles (cm 140x140)
   coll. Priv., Caracas

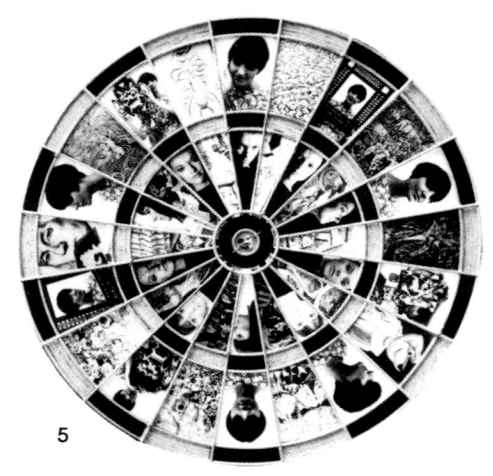

4. Hercule à travers les 8 volcans (cm 95x92)
5. Mary game (cm 18)
6. D'art game (cm 43)
   coll. Fischbach Gallery, New York
7. Dossier Oppenheimer (cm 140x140)
   coll. Givaudan, Paris
8. La motocyclette (cm 116x73)
9. Dalì-Lama (cm 73x80)
   coll. Beguier, Paris
10. Maiakovsky (cm 141 x 160)
    coll. Givaudan, Paris

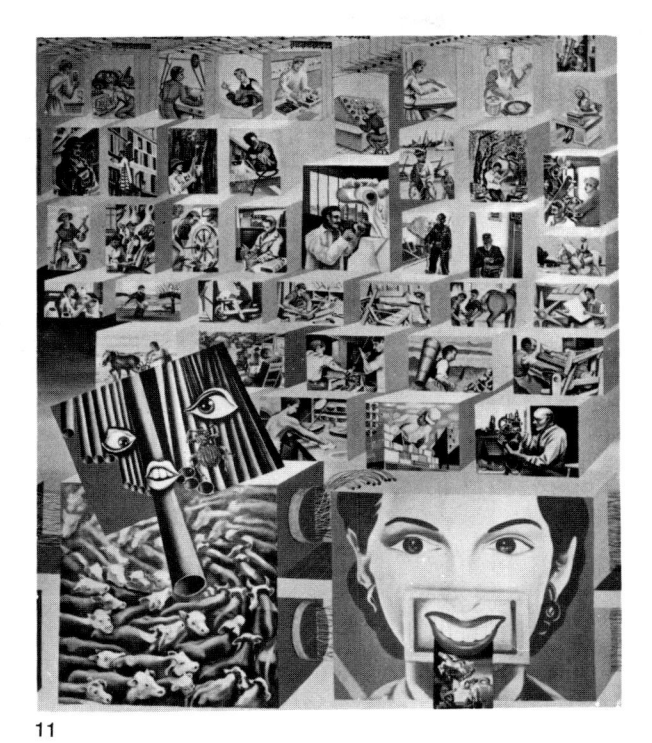

11. Métier français et vaches américaines
    (cm 145x125)
    coll. Zergas, Köln
12. The twins, or Stalin and the Ostrich
    (cm 144x114)
    coll. Ossorio, Greenwich
13. Le décollage de Bosch (cm 81x65)
    coll. Del Vayo, Caracas
14. The first Mondrian leaves for America
    (cm 130x97)
    coll. Katz, Paris

SERIE: DEPHYSIONOMIES, 1965

1. Richelieu 1642 (cm 65x100)
   coll. Boulakia, Paris
2. Mirabeau 1791, Bailly 1793 (cm 65x100)
3. Choiseul 1785, Limande 1765
   (cm 65x100)
4. Wagner 1883, Venus (cm 65x100)
5. Crillon 1615, Scipione 183 a. C.
   (cm 65x100)
   coll. Galleria Schwarz, Milano
6. Brune 1815, Bougainville 1811
   (cm 65x100)
7. Chanzy 1883, Paquerette (cm 65x100)
   coll. Aghion, Paris
8. Marie-Antoinette 1793, Henri IV
   (cm 65x100)
9. Marie de Medicis 1642, Dumont D'Urville 1842 (cm 65x100)
   coll. Galleria Schwarz, Milano
10. General Mecanic Talleyrand
    (cm 65x100)
11. Mitridate 63 a. C., Renan 1892
    (cm 65x100)
12. Sully 1641, Champlain 1635 (cm 65x100)

13. Malesherbes 1794, Charles IX (cm 65x100)
14. La Pérouse 1788 (cm 65x100)
    coll. Boulakia, Paris
15. Lyautey 1734, La Burdonnais 1755
    (cm 65x100)
    coll. Masset, Paris
16. Jet (cm 18x14)
    coll. Priv., Genève
17. Marie-Louise 1847, Junot 1813 (cm 65x100)
18. Bonaparte 1821, Arroyo 1965 (cm 65x100)
    coll. Arroyo, Paris
19. Prométhée Gouraut 1946 (cm 64x100)
    coll. Del Vayo, Caracas
20. The king (cm 14x18)
    coll. Galleria Il Punto, Torino
21. Suisse (cm 14x18)
    coll. Galleria Il Punto, Torino
22. Submarine (cm 14x18)
    coll. Galleria Il Punto, Torino
23. Miròjet (cm 14x18)
    coll. Priv., Genève
24. Napoléon III 1873, Grandes perruches
    (cm 65x100)
    coll. Boulakia, Paris
25. Mondrian (cm 65x100)

SERIE: VAN GOGH - MODIGLIANI, 1966

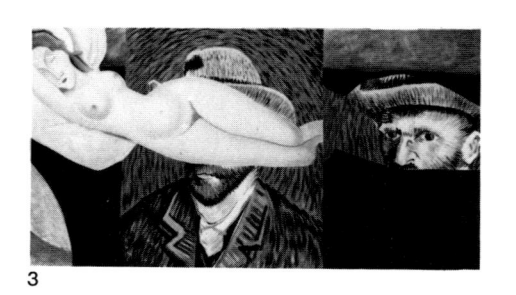

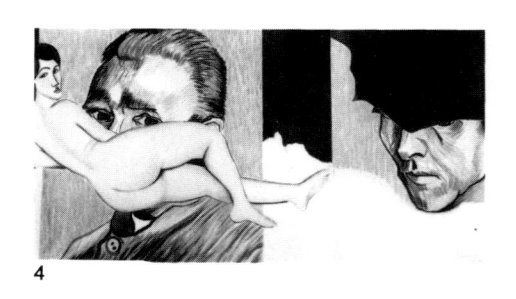

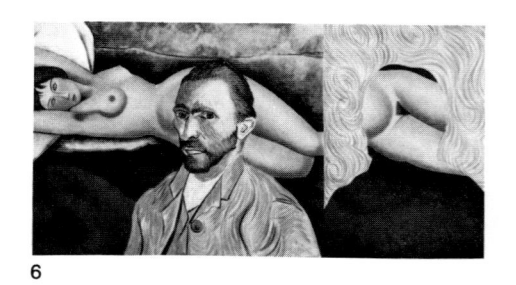

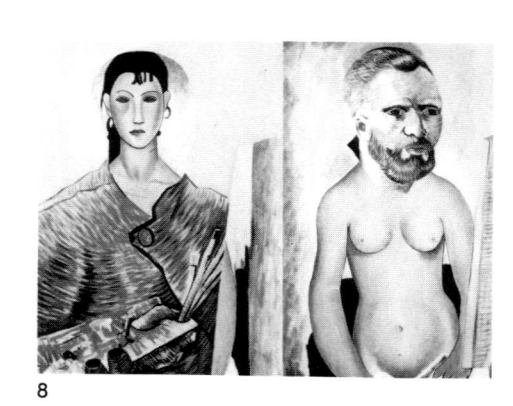

1. Dédié à Modigliani (cm 75 x 100)
   coll. Galleria Schwarz, Milano
2. Nu Médicis devant le chevalet
   (cm 75x100)
   coll. Boulakia, Paris
3. L'artiste et le nu chaste (cm 50x100)
   coll. Galleria Schwarz, Milano
4. La côte gauche vers l'artiste
   (cm 50x100)
   coll. Galleria Schwarz, Milano
5. A la chemise de Van Gogh (cm 50x100)
6. Dernière Venus de Van Gogh
   (cm 50x100)
   coll. Galleria Schwarz, Milano
7. Nu assis fond bistré (cm 65x100)
   coll. Galleria Schwarz, Milano
8. Elvira et l'artiste devant son chevalet
   (cm 70x100)
9. Nu de l'artiste (cm 75x100)
   coll. Hubert, Zürich
10. Nu de femme à l'oreille coupée
    (cm 70x100)
    coll. Galleria Schwarz, Milano

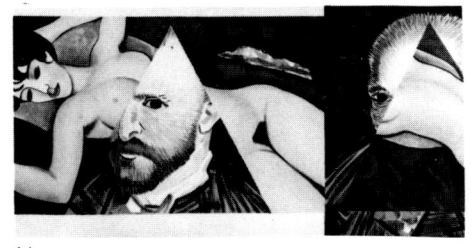

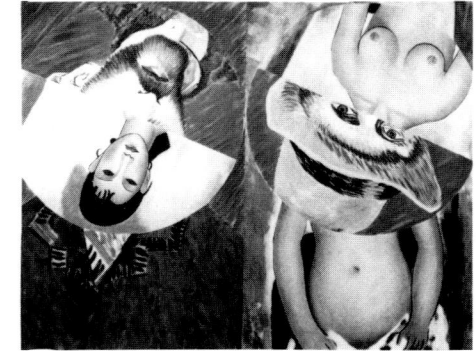

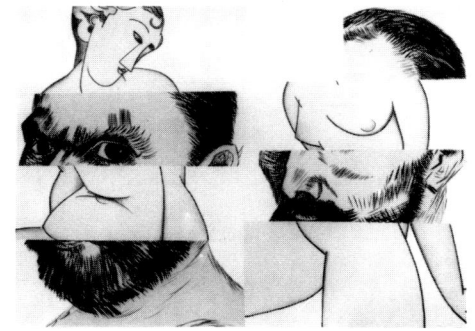

11. L'artiste et le nu couché (cm 50x100)
12. Première Venus de Van Gogh (cm 100 x 180)
13. Nu de femme au crayon (cm 70x100)
14. Elvira au chapeau gris (cm 75x100)
15. L'artiste et le nu blond (cm 75x100)
    coll. Galleria Schwarz, Milano
16. Nu accroupi au chapeau de paille
    (cm 70x100)
    coll. Galleria Schwarz, Milano

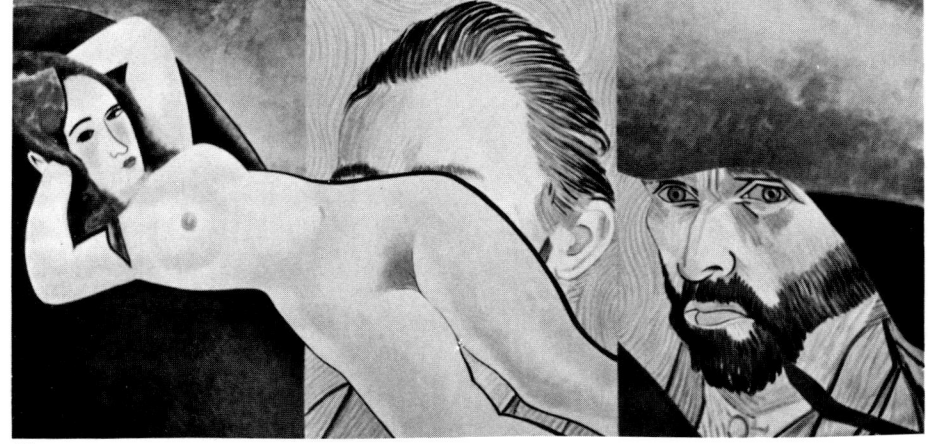

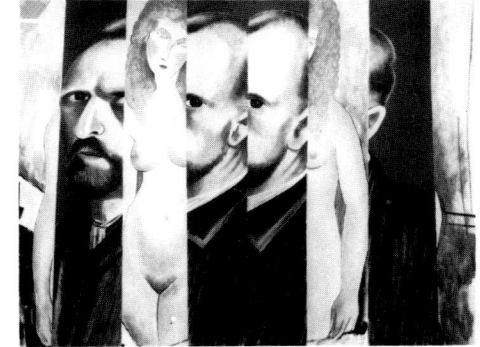

SERIE: BAROQUISME, 1965-1968

1. L'anniversaire (cm 132x81)
   coll. Del Vayo, Caracas
2. Eleveur des vaches (cm 130x97)
   coll. Levy, New York
3. L'hostie (cm 85x75)
   coll. Galleria Schwarz, Milano
4. L'interview (cm 81x65)
   coll. Brucher, Koln
5. Church dog (cm 174x140)
   coll. Verbrugghen,
   Saint-Lievens-Houtem
6. L'officiant (cm 130x98)

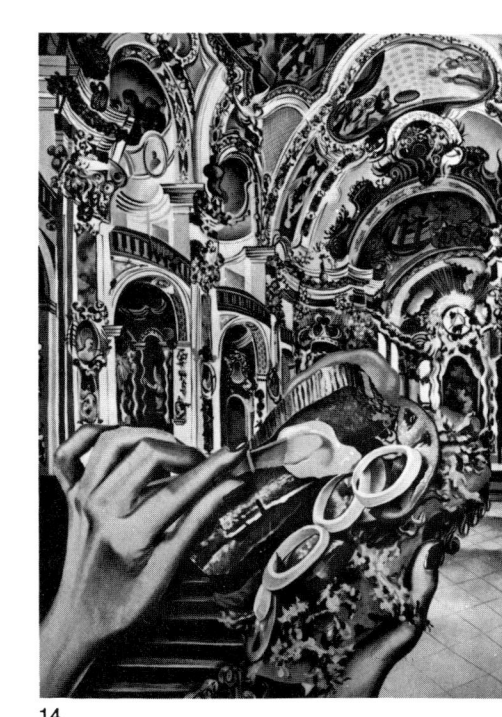

7. Baby food (cm 65x81)
8. La balayeuse (cm 110x55)
9. L'insigne (cm 150x136)
    coll. Priv., Bâle
10. Monsieur Einstein (cm 116x74)
    coll. Priv., Caracas
11. L'attrape-mouches (cm 100x62)
    coll. Magalio, Paris
12. Le chaténor 1965 (cm 81x55)
    coll. Del Vayo, Caracas
13. Doucement (cm 130x73)
14. Club sandwich (cm 130x80)

15. L'index (cm 97x65)
    coll. Semiha, Zürich
16. Les jumeaux (cm 100x60)
17. Le dernier Jugement de la Carpe (cm 200x130)
18. La chasse (cm 100x70)
19. La laitue (cm 116x80)
20. She must be there (cm 97x65)
21. Résurrection (cm 200x100)
    coll. Priv., Bâle

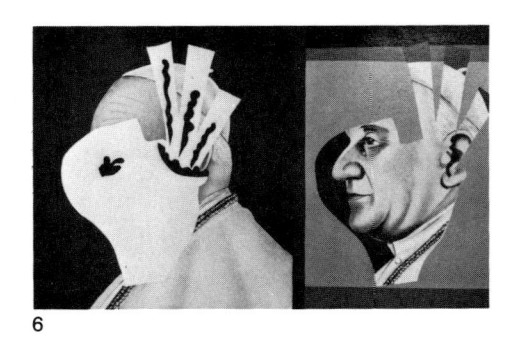

SERIE: POPE-ART, 1965

1. Papa Klee (cm 60x100)
   coll. Del Vayo, Caracas
2. Papa Capogrossi (cm 60x100)
   coll. Galerie Haachen, Oslo
3. Papa Magnelli (cm 65x100)
   coll. Del Vayo, Caracas
4. Papa Brauner (cm 65x100)
   coll. Matta, Paris
5. Papa De Chirico (cm 65x100)
6. Papa Matisse (cm 65x100)
   coll. Galerie Haachen, Oslo
7. Papa Arp (cm 60x100)
8. Papa Picasso (cm 65x100)
9. Papa Léger (cm 65x100)
10. Papa Mirò (cm 65x100)
11. Papa Mondrian (cm 65x100)
12. The sick one (cm 100x100)
    coll. Galerie Hedenius, Stockholm

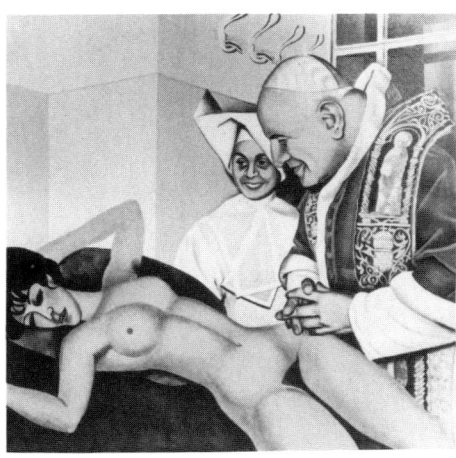

13. The birth of Hitler (cm 200x300)
    coll. National Gallery, Berlin

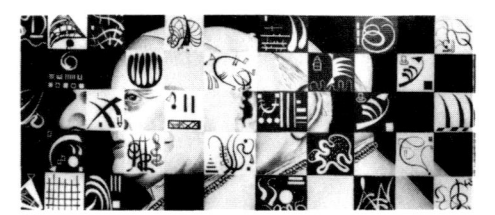

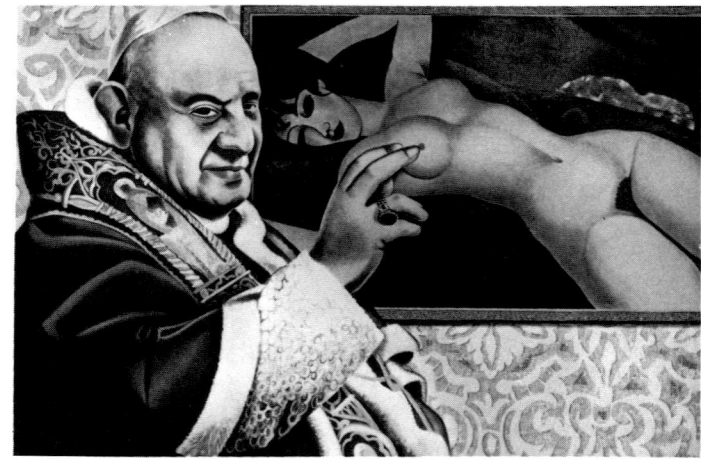

14
15

14. Papa Kandinskij (cm 50x100)
15. The doorbell (cm 97x147)
    coll. Galerie Hedenius, Stockholm
16. Soft touch (cm 75x40)
    coll. Del Vayo, Caracas

16

SERIE: FORTY-SEVEN YEARS, 1966

1. Les vainqueurs de Léningrad supportés par le monstre daltonien Matisse (cm 260x200)
coll. Galerie Fels, Paris

2. B.M. Nemenski: La Mère (1945);
Ben Shahn: Sacco et Vanzetti (1931-32) (cm 52x128)
coll. Galleria Schwarz, Milano
3. J. Rosenquist: Negro picture (1962);
Anonyme: Affiche U.R.S.S.;
Timbre-poste U.R.S.S. (1961)
(cm 128x128)
coll. Galleria Schwarz, Milano

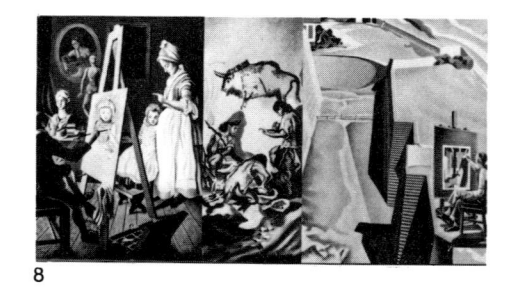

4. George P.A. Healy: Abraham Lincoln (1860);
A.M. Guerassimov: Lénine à la tribune (1930) (cm 67x128)
coll. Jouffroy, Paris
5. Repin: M.P. Musorgskij (1881);
Eakins: Walt Whitman (1887) (cm 67x128)
coll. Galleria Schwarz, Milano
6. S.V. Guerassimov: La mère du partisan (1943-1950);
John Stewart Curry: Tornado over Kansas (1929) (cm 128x67)
coll. Priv., Paris
7. Doris Lee: Noon (1935);
Kazimir Malevic: Taking in the harvest (1911) (cm 128x67)
coll. Galleria Schwarz, Milano
8. A.N. Ivanovitch: Portrait d'une inconnue (1815);
Charles Sheeler: The artist looks at nature (1943) (cm 67x128)
coll. Galleria Schwarz, Milano
9. R. Rauschenberg: Tracher (1964);
A. Rodzenko: Photomontage pour le poème de Maiakovsky « De ceci » (1923) (cm 67 x 128)
coll. Galleria Schwarz, Milano
10. Timbre-Poste U.R.S.S. (1964);
J. Rosenquist: New York World Fair Mural (1964) (cm 92x128,5)
coll. Galleria Schwarz, Milano
11. G. M. Koryev: Le releveur du drapeau (partie centrale du triptyque « Les communistes ») (1959);
Anonyme: Affiche U.S.A. (1918) (cm 128,5x102,5)
coll. Galleria Schwarz, Milano
12. Neprinzeff: La pose après le combat (1951);
Jack Levine: Welcome home (1946) (cm 202x101)
coll. Galleria Schwarz, Milano

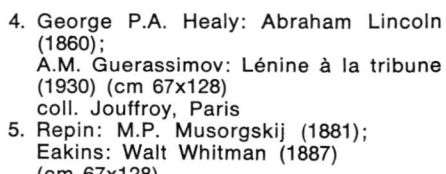

13. Roy Lichtenstein: Femme dans un fauteuil (1963):
    Maiakovsky: Couverture d'une brochure de propagande contre l'alcoolisme (1920) (cm 67x128)
14. Roy Lichtenstein: Eddie Diptic (1962);
    Maiakovsky: Pour le trust d'Etat du Caoutchou (1913) (cm 67x128)
    coll. Galleria Schwarz, Milano
15. William R. Leigh: Lowdown trick;
    Grekov: La musique de la première cavalerie (1934) (cm 191x97)
    coll. Galleria Schwarz, Milano
16. A.I. Laktionov: Lettre du front (1947);
    John Sloan: Sunday women drying their hair (1914) (cm 128x67)
    coll. Galleria Schwarz, Milano
17. D.S. Moor: Affiche « Inscrit comme volontaire? » (1920);
    Anonyme: Affiche U.S.A. (1914) (cm 67x128)
    coll. Buzzati, Milano
18. Anonyme: Affiche U.S.A. (1917);
    Teretchenko: Affiche (1959) (cm 67x128)
    coll. Galleria Schwarz, Milano
19. Jean Osis: Andreikovo Village (1958);
    T. Hart Benton: Huck Finn and Nigger Jim (1939) (cm 128x67)
    coll. Galleria Schwarz, Milano
20. Pressure (cm 130x97)

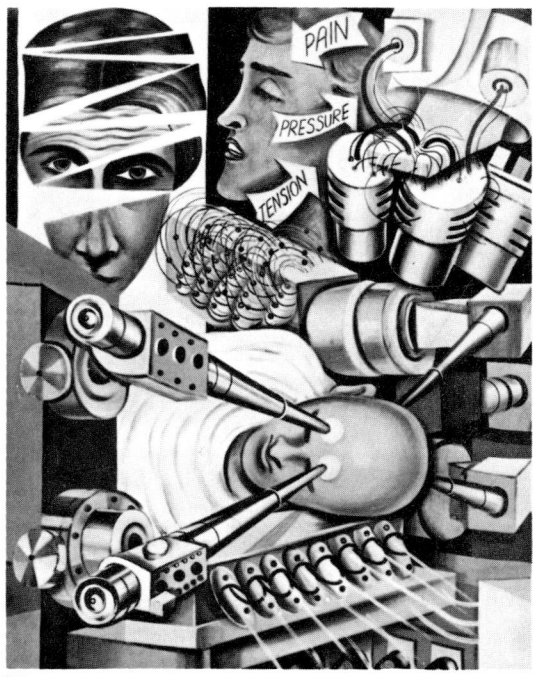

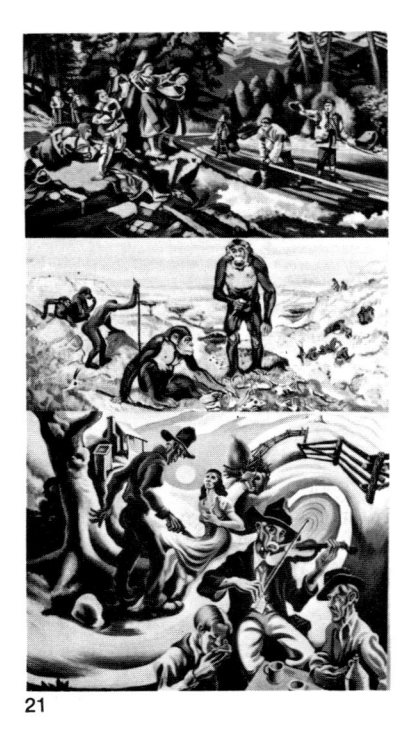

21. I.I. Bokchay: Brokorachi (1946);
T. Hart Benton: The jealous lover of Long Green Valley (1930) (cm 128x67)
coll. Galleria Schwarz, Milano
22. Kazimir Malevic: Black Square (1913);
Josef Albers: Homage to a Square (1961) (cm 67x128)
coll. Galleria Schwarz, Milano
23. Robert Henri: Old model and her daughter (1912);
M.V. Nesterov: Tolstoj (1907) (cm 67x128)
coll. Galleria Schwarz, Milano
24. Dan Smith: Affiche (1920);
Deinejka: La défense de Sébastopol (1942) (cm 181x102)
coll. Calle, Paris
25. Hyman Bloom: Slaughtered animal (1953);
M.V. Nesterov: Portrait du chirurgien Loudin (1933) (cm 67x128)
coll. Galleria Schwarz, Milano
26. Kouprinov, Krylov, Sokalov: La fin dans le souterrain du Reich (1947);
Marsden Hartley: Portrait of German Officer (1914) (cm 67x128)
coll. Galleria Schwarz, Milano
27. Wayne Thibaud: Man reading (1963);
B.S. Ivanov: Lénine (1964) (cm 67x128)
coll. Galleria Schwarz, Milano
28. Paul Sample: Janitor's Holiday (1936);
D.D. Korine: Portrait des peintres du peuple de l'U.R.S.S. (1958) (cm 128x67)
coll. Galleria Schwarz, Milano

SERIE: LES PEINTRES ET LEURS MODELES, 1966

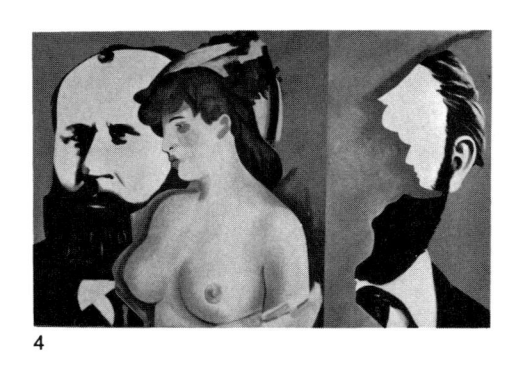

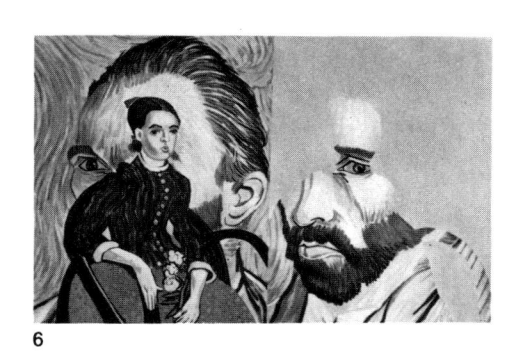

1. Pissarro 1830-1903 (cm 65x100)
2. Renoir 1841-1918 (cm 65x100)
3. Monet 1840-1926 (cm 65x100)
4. Manet 1832-1883 (cm 65x100)
5. Surat (cm 60x100)
   coll. Charmet, Paris
6. Van Gogh 1853-1890 (cm 65x100)
7. Renoir 1841-1918 (cm 65x100)
   coll. Galerie Haachen, Oslo
8. Cézanne 1839-1906 (cm 65x100)
9. Toulouse-Lautrec 1864-1901
   (cm 40x65)

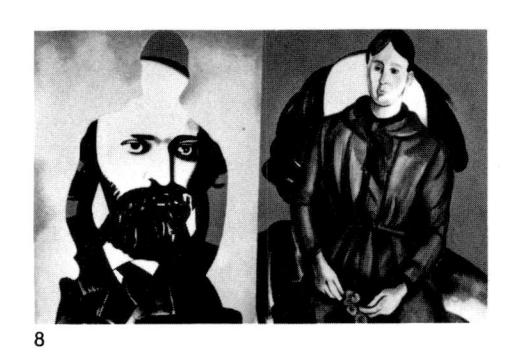

**SERIE: DE-PEINTURES,
1965-1966**

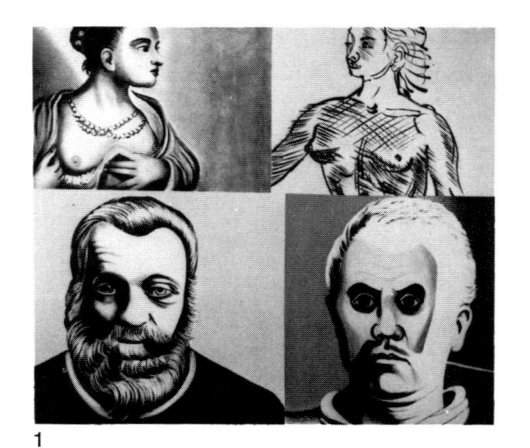

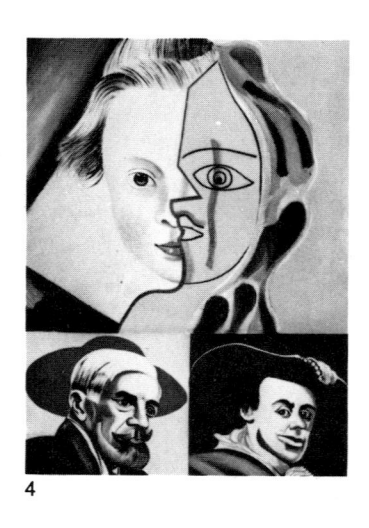

1. Dufy-Tintoretto (cm 46x55)
2. Gauguin-Photo of Gauguin (cm 46x55)
   coll. Givaudan, Paris
3. Utrillo-Durer (cm 65x50)
4. Braque-Rubens (cm 74x50)
5. Vlaminck-Holbein (cm 65x50)
   coll. D'Helsingen, Paris
6. Soutine-Daumier (cm 55x46)
7. Picabia-Goya (cm 40x65)
8. Giacometti (cm 39x60)
   coll. White, London

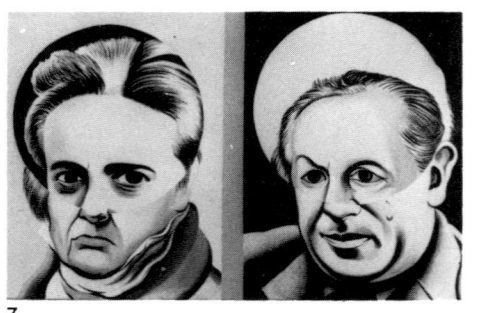

126

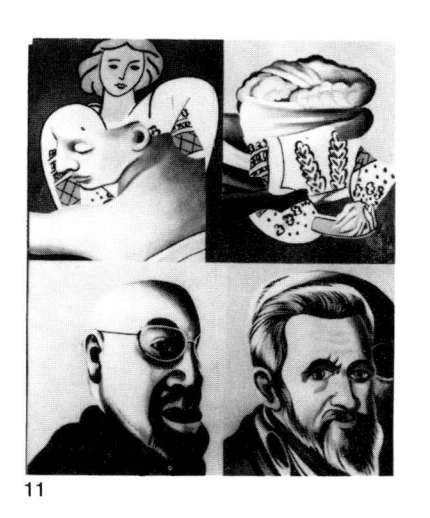

9. Dali-Meissonier 1891 (cm 30x70)
   coll. Ossorio, Greenwich Conn.
10. Picasso-Da Vinci (cm 55x92)
    coll. Krikhaar, Amsterdam
11. Matisse-Michelangelo (cm 62x46)
    coll. Priv., Roma
12. Duchamp-Van Dick (cm 82x54)
13. Chagall-Velázquez (cm 100x33)
    coll. Sordi, Firenze
14. Max Ernst-Ribera (cm 40x100)
15. Magritte-Rembrandt (cm 40x100)
    coll. Sordi, Firenze
16. Rouault-Courbet (cm 30x61)

SERIE: LA PEINTURE EN GROUPES, 1967

1. Les surréalistes à travers la seconde guerre mondiale (cm 160x130)
   coll. Matta, Paris
2. Anatomie du cubisme (cm 88x147)
3. Pop's history (cm 116x170)
   coll. Hubert, Zürich

4. The background of Pollock
   (cm 250x200)
   coll. C.N.A.C., Paris

5. Dada (cm 116x81)
   coll. Priv., Stockholm
6. Les tachistes (cm 97x92)

7. Skinscape (cm 200x300)

8. Les futuristes (cm 140x74,5)
9. Les nouveaux-réalistes (cm 138x100)
   coll. Hulten, Stockholm
10. Les professionnels du happening (cm 137x62)

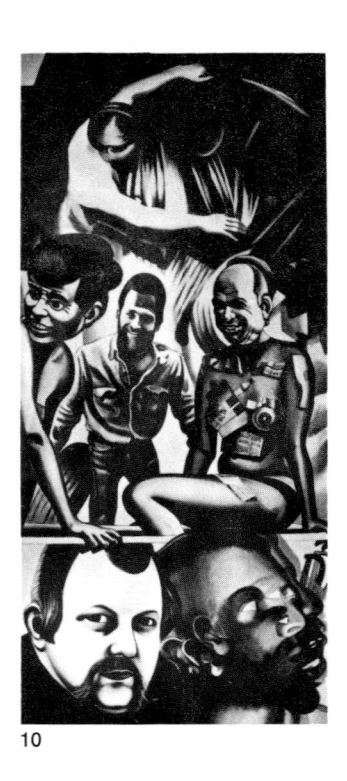

11. Les objecteurs (cm 130x81)
    coll. Fall, Paris
12. The popular Queen (cm 128x84)
    coll. Duperrier, Paris
13. Le jugement de Paris et l'école de Montmartre (cm 260x200)
    coll. Prearo, Milano

14. Les chabstraits (cm 138x112)
    coll. Levy, New York

15. Cobra et Provos (cm 127x100)
    coll. Krikhaar, Amsterdam

16. L'Expressionnisme à travers la première guerre mondiale (cm 145 x 114)
    coll. Alechinsky, Paris

17. Les grands fauves (hommage à Louis Vauxcelles) (cm 200x100)
    coll. Bokobsa, Paris

SERIE: THE AGGRESSION, 1967-1968

1. Lola (cm 100x65)
2. Heat wave (cm 128x67)
   coll. Galerie Haachen, Oslo
3. Two hands (cm 55x100)
   coll. Lanzenberg, Bruxelles
4. Le deuxième cri (cm 75x85)
   coll. Priv., Paris
5. Hommage à forchetta (cm 128x67)
   coll. Heland, Stockholm
6. Le uni-porc (cm 128x67)

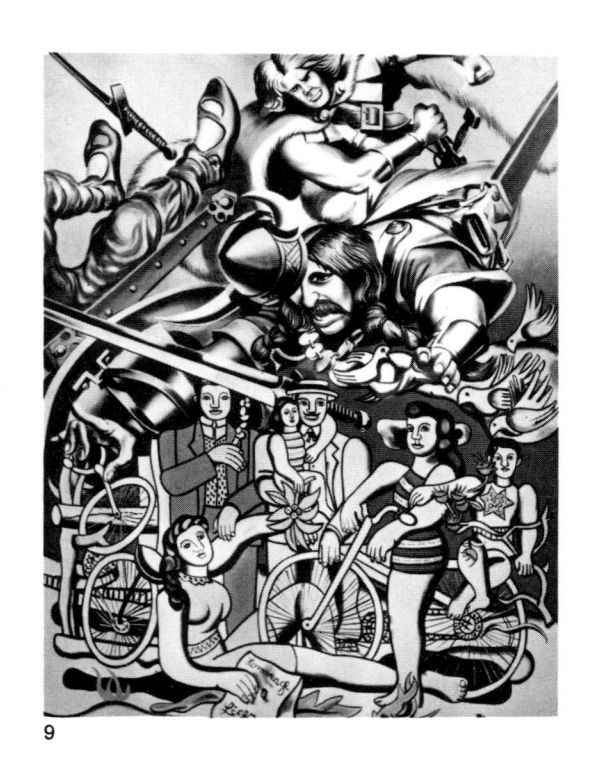

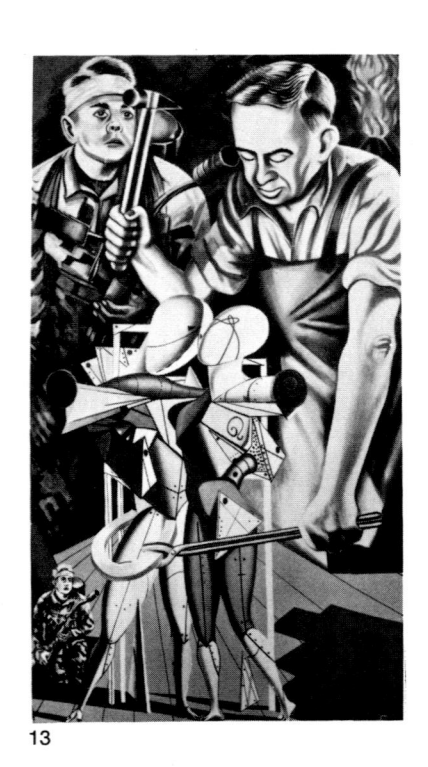

7. Burbing (cm 128x67)
   coll. Gregut, Paris
8. Punching (cm 128x67)
   coll. Durand, Paris
9. La famille française (cm 138x100)
   coll. Durand, Paris
10. The last Witch of Köln (cm 73x60)
    coll. Castillo, Caracas
11. Concours en lunettes (cm 67x128)
    coll. Priv., Milano
12. Number 31 (cm 128x67)
    coll. Galerie Fels, Paris
13. The horse shoe for De Chirico
    (cm 128x67)

14. Settimo cielo (cm 67x128)
    coll. Priv., Caracas
15. Hair fish (cm 81x130)
    coll. Priv., Caracas
16. The birth of cosmonaut (cm 67x128)
    coll. Gastaldelli, Milano
17. How to save the Franc (cm 67x128)
    coll. Tronche, Paris
18. The red telephone (cm 130x97)

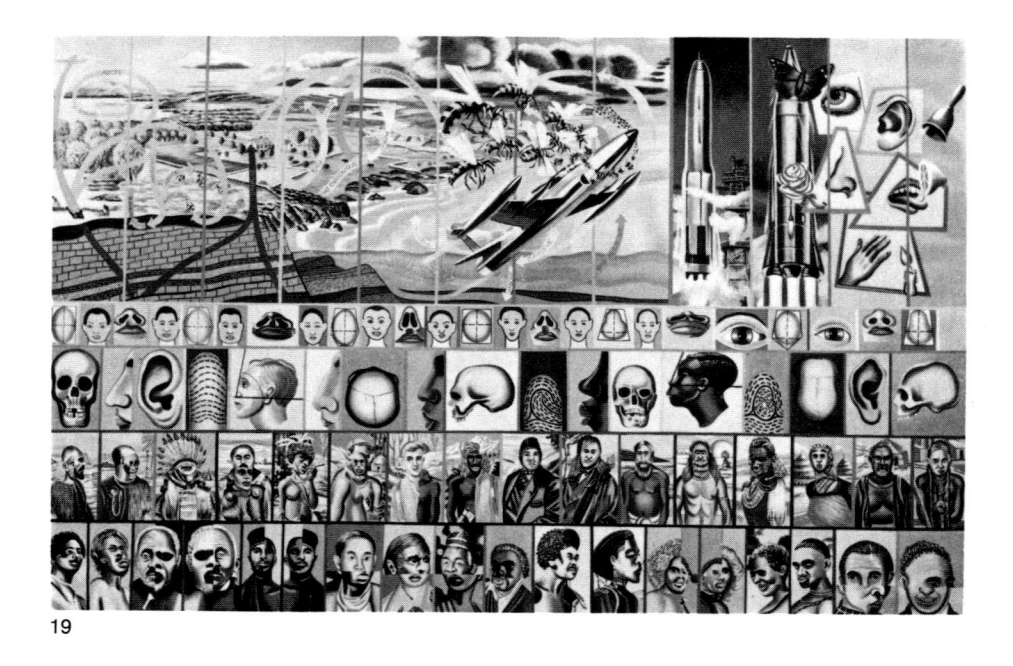

19. Mixing of races (cm 130x200)
    coll. Galleria Arte Borgogna, Milano
20. Home after hunting (cm 100x50)
    coll. Accetti, Milano
21. Organ and Philippe V (cm 128x67)
22. Holiday in Israel (cm 114x162)

23

24

23. Miss Suisse (cm 128x67)
    coll. Durand, Paris
24. The Roman babysitter (cm 128x67)
    coll. Pas Moget, Paris
25. Aeronautic (cm 114x102)
    coll. Heland, Stockholm
26. Mountain girl (cm 128x67)
    coll. Masset, Paris

25

26

137

SERIE: THE MONSTERS, 1968

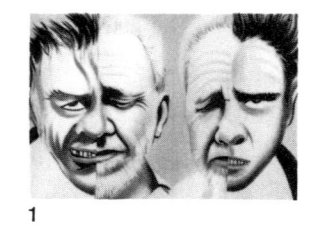

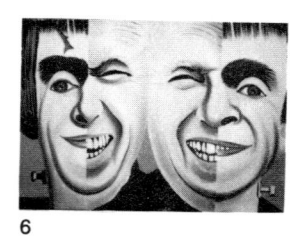

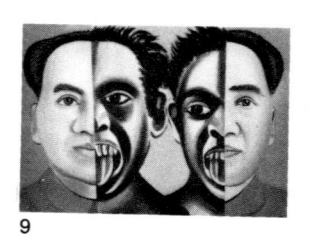

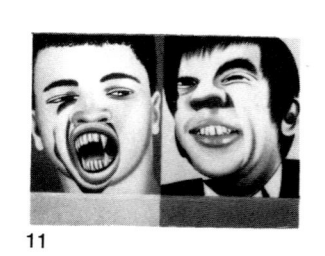

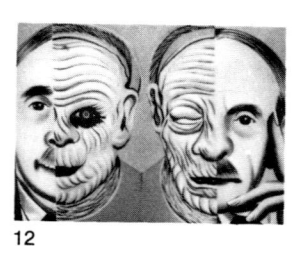

1. Pound (cm 38x46)
2. Schweitzer (cm 38 x 46)
3. List (cm 38x46)
4. Schweitzer (cm 38 x 46)
5. Gleen (cm 38x46)
6. Chaplin (cm 38x46)
7. Jung (cm 38x46)
8. Socrate (cm 38x46)
9. Mao (cm 38x46)
10. Franco (cm 38x46)
11. Valéry (cm 38x46)
12. Clay (cm 38x46)
13. Nasser (cm 38x46)
14. Loren (cm 27x46)
15. Hemingway (cm 27x46)

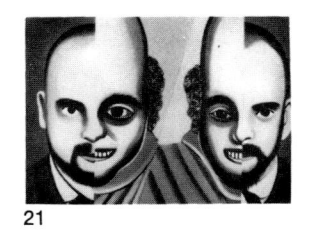

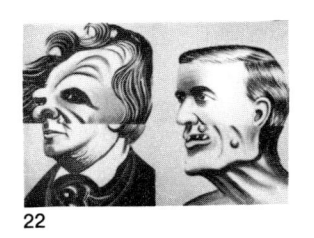

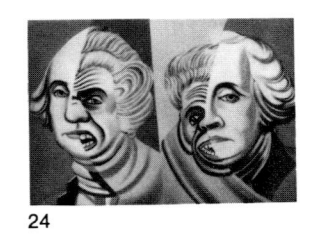

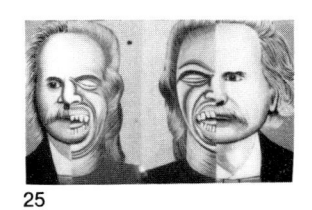

16. Göbbels (cm 38x46)
17. Chessman (cm 38x46)
18. Churchill (cm 38x46)
19. Van Gogh (cm 38x46)
20. Stalin (cm 38x46)
21. Klee (cm 38x46)
22. Wagner (cm 38x46)
23. Beethoven (cm 38x46)
24. Washington (cm 38x46)
25. Grieg (cm 38x46)
26. Elliot (cm 38x46)
27. Johnson (cm 38x46)
28. Mac-Luhan (cm 38x46)
29. Russel (cm 38x46)
30. Dante (cm 38x46)

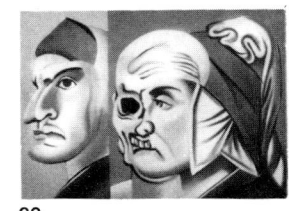

SERIE: NEW YORK, 1968

1. American dream (cm 102x102)
   coll. Bokobsa, Paris
2. Green mother (cm 102x102)
   coll. Galleria Arte Borgogna, Milano
3. The last Vikings (cm 56x102)
   coll. Tronche, Paris
4. Miss fish (cm 54x102)
   coll. Spertus, Chicago
5. Miss air (cm 102x54)
6. Twice the same (cm 47x102)
   coll. Lopez, Caracas
7. Miss Gedda (cm 54x102)
   coll. Asaguri, Paris
8. The nightmare from Hanoi (cm 77x102)
   coll. De Lulle, Bruxelles
9. Underwater Dyke (cm 77x102)
   coll. Asaguri, Paris

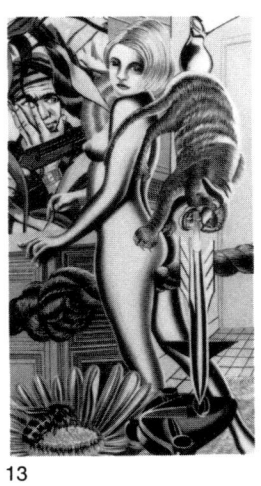

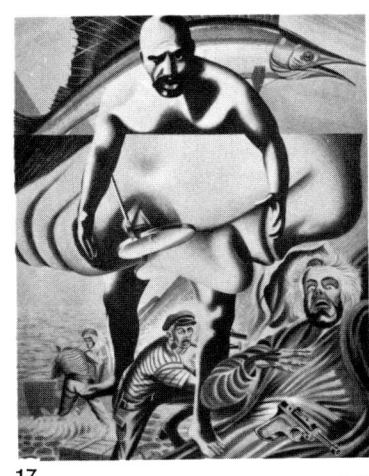

10. Brainwashing of rainbow trout (cm 89x102)
    coll. Givaudan, Paris
11. Kon-Tiki (cm 102x77)
    coll. Priv., Milano
12. Miss go to Suisse (cm 102x54)
    coll. Priv., Copenhagen
13. Miss tigre (cm 102x54)
    coll. Di Dio, Paris
14. Miss Swastika (cm 102x54)
    coll. César, Paris
15. Asiatic Golf (cm 102x77)
    coll. Szeemann, Berne
16. Split me (cm 102x77)
17. La contrebande (cm 102 x 77)
    coll. Galleria Arte Borgogna, Milano

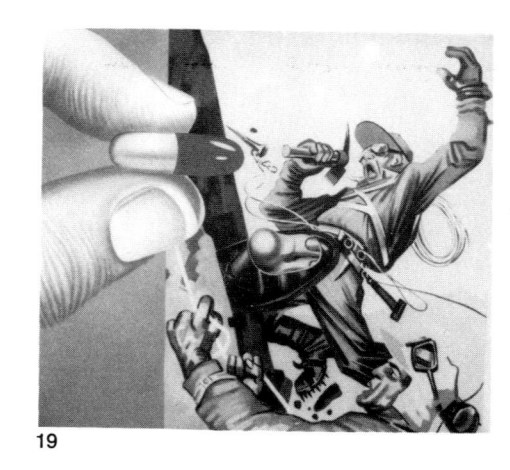

18. Karaté (cm 102x77)
    coll. Chastenet, Paris
19. The rocky mountains (cm 90x102)
20. Double massage (cm 102x51)
21. Le pistolait (cm 102x51)
22. Marine sea (cm 102x77)
    coll. Priv., Caracas

SERIE: ECCE HOMO, 1968

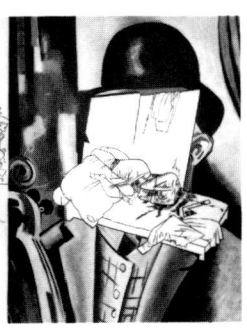

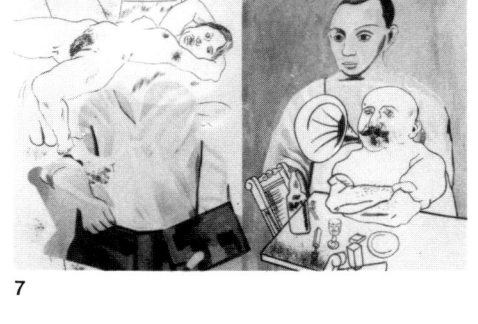

1. Jawlensky Grosz (cm 84x126)
2. Mondrian Grosz (cm 64x102)
3. Van Gogh Grosz (cm 64x102)
   coll. Fall, Paris
4. Kokoschka Grosz (cm 64x102)
   coll. Fall, Paris
5. Vlaminck Grosz (cm 69x102)
   coll. Andersen, Copenhagen
6. Soutine Grosz (cm 64x102)
   coll. Fall, Paris
7. Picasso Grosz (cm 64x102)
   coll. Masset, Paris
8. Matisse Grosz (cm 69x106)
   coll. Charmet, Paris
9. Rouault Grosz (cm 92x102)
10. Kirchner Grosz (cm 56x102)
11. Modigliani Grosz (cm 102x78)

SERIE: PORTRAIT, 1967-1968

1. Winston Churchill (cm 102x114)
   coll. Priv., Stockholm

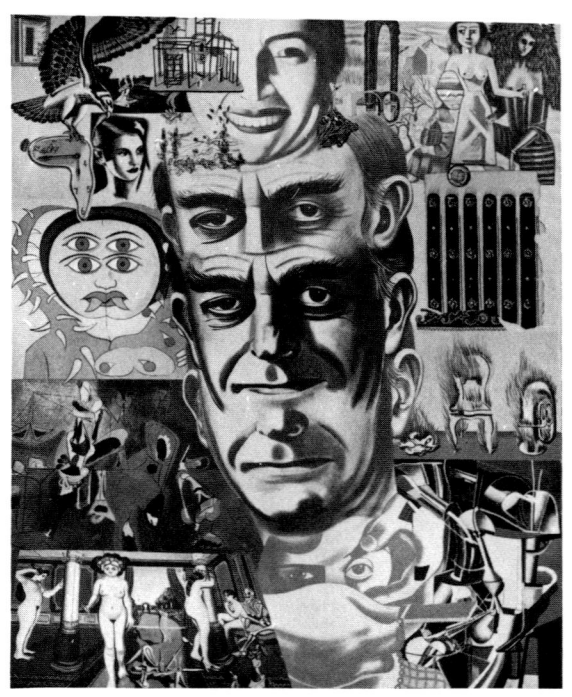

2. Julien Levi (cm 130x97)
   coll. Levi, Bridgwater

3. C.I.A. Gobbels (cm 97x130)
   coll. Musée d'Art Moderne, Havana

4. Trotsky-Schwarz (cm 100 x 81)
   coll. Schwarz, Milano
5. The bay of pigs (cm 130x200)
   coll. Musée d'Art Moderne, Havana
6. G.G. Talabot (cm 100x81)
   coll. Talabot, Paris
7. Freud (cm 130x97)
   coll. Givaudan, Paris

145

SERIE: CRISTALL, 1969

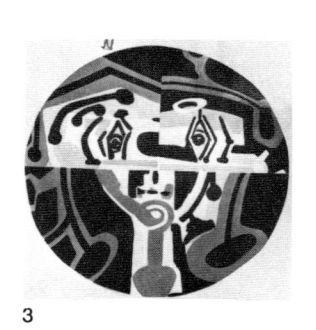

1. The muse (cm 73x100)
2. Père Tanguy (cm 100x73)
   coll. Naggar, Paris
3. Young girl (cm 55x55)
   coll. Berl, Caracas
4. Turning flowers (cm 100x73)
5. Lady with hat (cm 100x73)
   coll. Berl, Caracas
6. The potato eaters (cm 100x73)
   coll. Katz, Paris

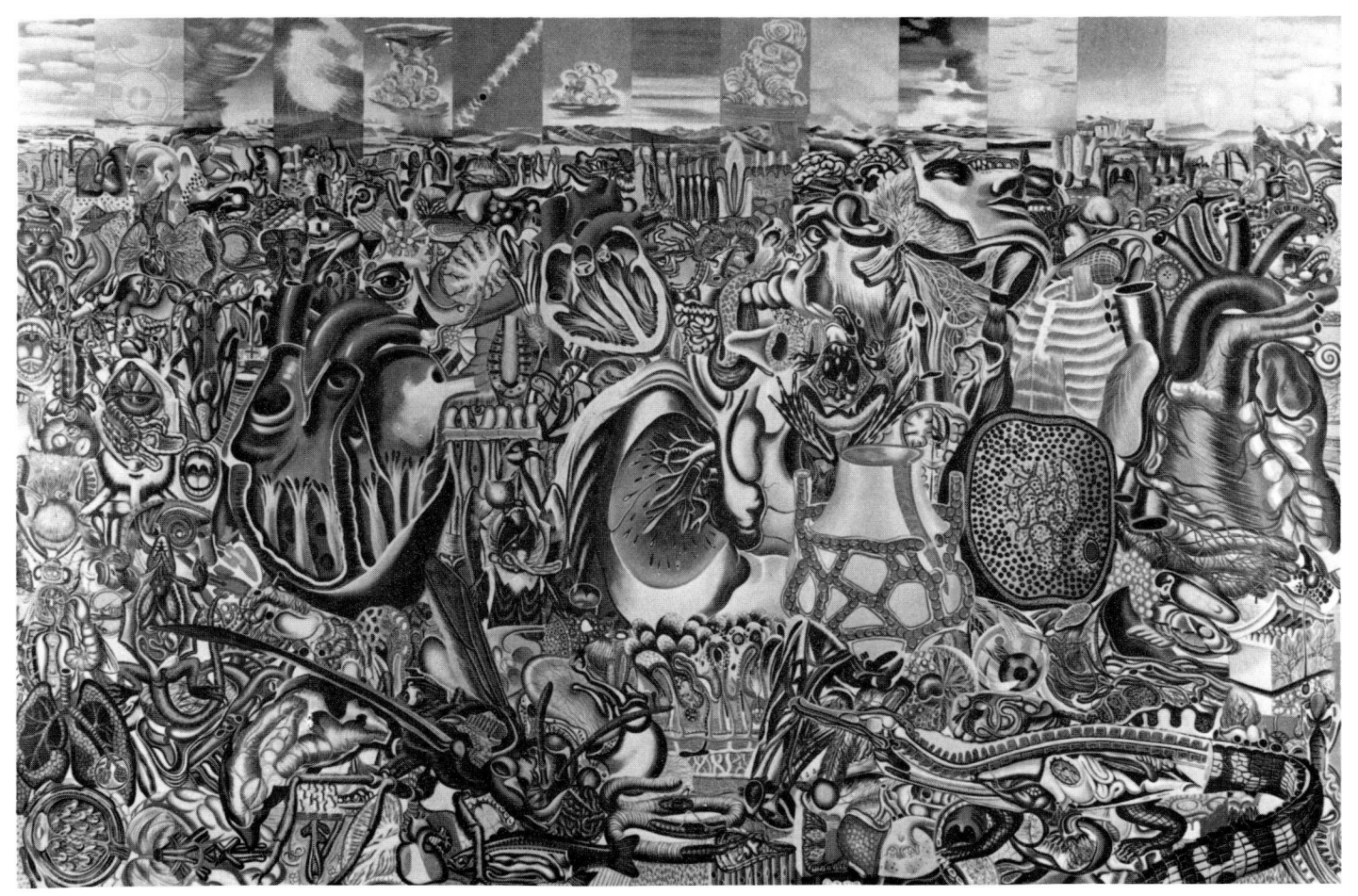

7. Inscape (cm 200x300)
   coll. Galerie Buchholz, München

8. Young man (cm 100x73)
   coll. Naggar, Paris
9. The country side (cm 73x100)

SERIE: AMERICAN INTERIEURS, 1968

1. American intérieur No. 9 (cm 89x116)

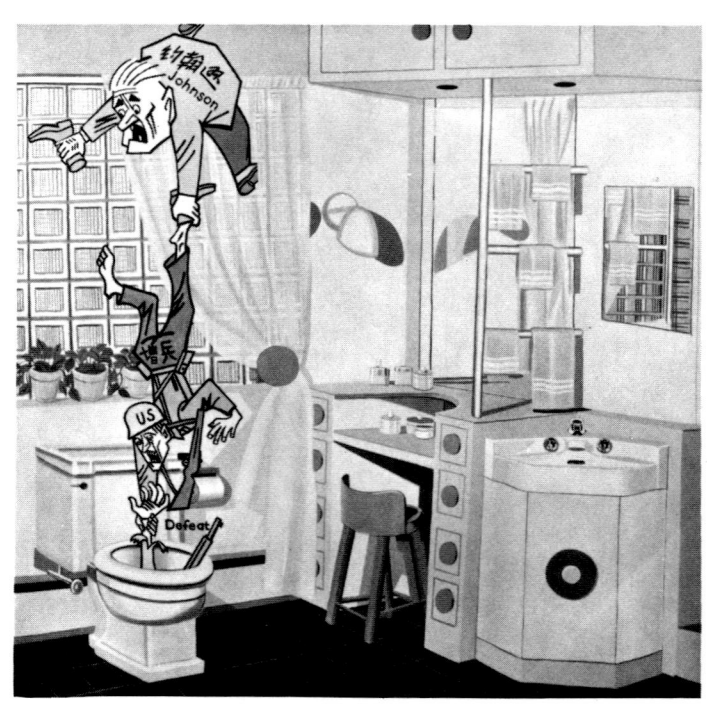

2. American intérieur No. 2 (cm 100x100)
coll. Serbib, Paris

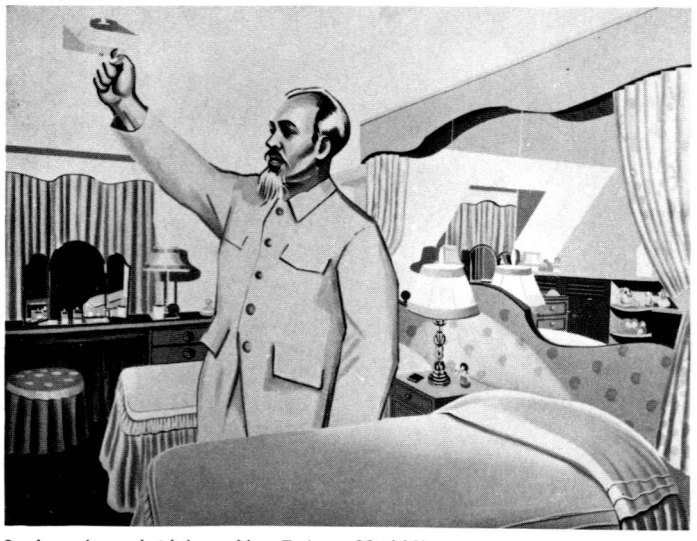

3. American intérieur No. 7 (cm 89x116)
coll. Neue Galerie, Aachen

4. American intérieur No. 8 (cm 89x116)

5. American intérieur No. 1 (cm 89x116)

6. American intérieur No. 4 (cm 89x116)
coll. Bellville, London

7. American intérieur No. 6 (cm 89x116)
coll. Neue Galerie, Aachen

8. American intérieur No. 3 (cm 81x100)
coll. Calle, Paris

9. American intérieur No. 5 (cm 140x200)
coll. Priv., Paris

SERIE: TABLEAUX TOURNANTS, 1969

1. Turning Picasso (cm 200x130)
   coll. Adriana, Paris

2. Turning Van Gogh (cm 200x130)

3. Turning Van Gogh (cm 200x130)
   coll. Priv., Caracas
4. Turning Van Gogh (cm 200x130)
   coll. Priv., Caracas
5. Turning Léger (cm 200x130)
   coll. Matta, Paris

6

7

6. Turning Matisse (cm 200x130)
   coll. Priv., Arona
7. Turning Picasso (cm 200x130)
   coll. Adami, Arona
8. Turning Picasso (cm 200x130)

8

152

SERIE: LE PORTRAIT PROFESSIONNEL, 1969

1. La reine Elisabeth (cm 162x130)
coll. Priv., Stockholm

2. Les dix Christophe Colomb (cm 162x130)
coll. Koenig, Bruxelles

3. Carscape (cm 200x300)
   coll. René de Montaigu, Paris

4. Di Dio (cm 6)
5. Leonardo (cm 162x130)
   coll. Elles, Köln

6. Di Dio (cm 6)
7. Goya (cm 162x130)
   coll. Koenig, Bruxelles
8. Trois Tolstoi (cm 162x130)
9. Napoléon (cm 162x130)
   coll. Priv., New York

10. L'oxygénation d'Erasme (cm 162x130)
    coll. Elles, Köln

11. Beethoven (cm 162x130)
    coll. Givaudan, Zermatt

12. Shakespeare (cm 162x130)
13. Mulage (cm 28)
14. Mulage (cm 28)

SERIE: THE SPEED, 1970

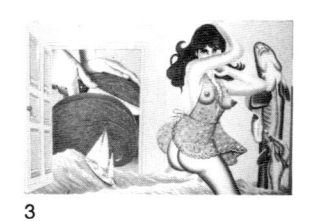

1. The Oscar (cm 116x89)
   coll. Givaudan, Paris
2. Gaspacho (cm 162x130)
   coll. Galleria Arte Borgogna, Milano
3. Le départ de Givaudan (cm 40x92)
4. Vertical flying (cm 92x100)
5. Le retour à Antibes (cm 10x12)
6. My phantom (cm 100x65)
7. The speed of Michelangelo (cm 162x130)
   coll. Priv., München

8. Big speed Léger (cm 130x200)
   coll. Priv., Paris
9. Anny Fanny (cm 100x65)
   coll. Del Vayo, Caracas
10. Helematisse (cm 100x100)
11. Atterrissage (cm 100x65)
    coll. Gastaldelli, Milano
12. Matissemotor (cm 130x81)
    coll. Galleria Gastaldelli, Milano

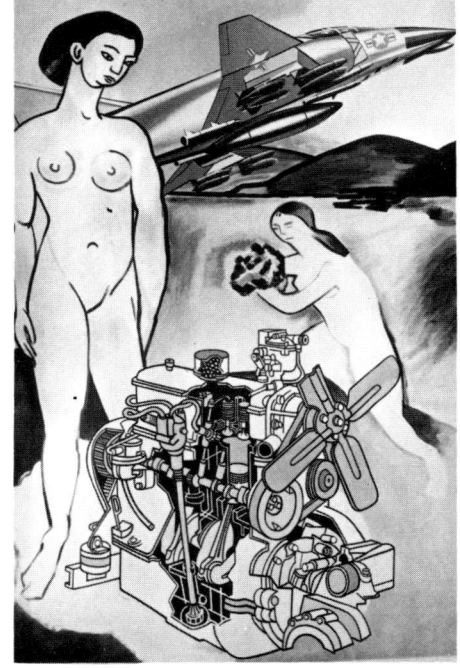

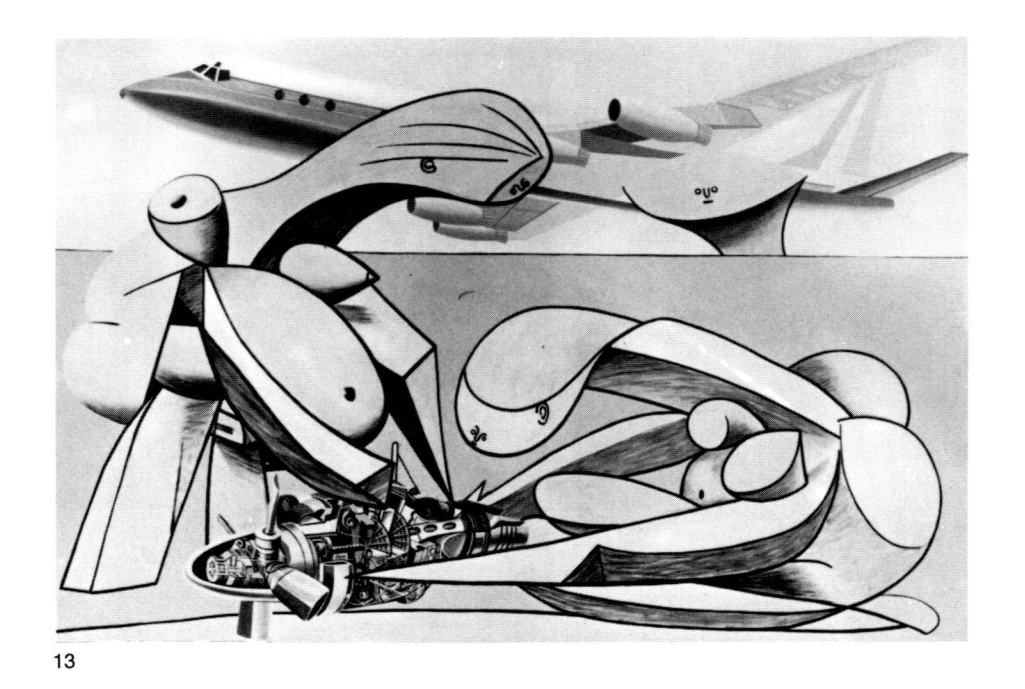

13. Alitalia (cm 130x200)
14. The speed of Picasso (cm 200x100)
    coll. Givaudan, Genève
15. The flea (cm 89x116)
    coll. Boulakia, Paris
16. Pig in Washington (cm 89x116)
    coll. Köenig, Bruxelles
17. Small speed Léger (cm 73x92)
    coll. Sergas, New York

18. Darwin (cm 89x116)
    coll. Givaudan, Paris
19. Tele-dog (cm 97x147)
    coll. Galleria Gastaldelli, Milano
20. The speed of Frederic le Grand
    (cm 162x130)
    coll. Bokobsa, Paris
21. The Queen of speed (cm 162x130)

22. Tiger plane (cm 60x73)
    coll. Adami, Milano
23. The plane players (cm 93x147)
    coll. Galerie Haaken, Oslo
24. Matisse with plane (cm 54x81)
    coll. Köenig, Bruxelles
25. Le voyage désert (cm 81x100)
    coll. Givaudan, Paris
26. The speed of Louis XIV (cm 162x130)
    coll. Saris, Paris

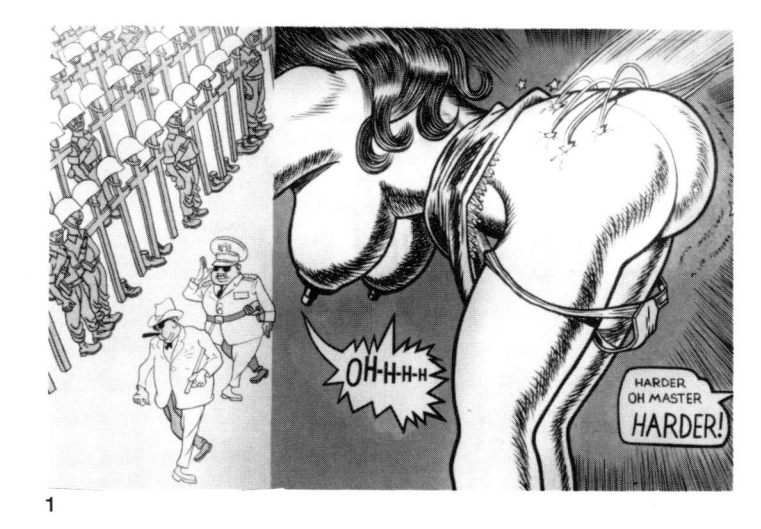

SERIE: TORTURE MANOR, STANTON AND JIM BONDAGE, 1970

1. Après le combat, B. Efimov 1964; Torture Manor (cm 89x130)
   coll. Withofs, Bruxelles
2. Sur les toits de Paris, Gauf 1963; Stanton (cm 89x130)
   coll. Withofs, Bruxelles
3. Les dimensions, A. Krylov 1964; Jim Bondage (cm 89x130)
   coll. Withofs, Bruxelles
4. A. Kanevski 1961, Jim Bondage (cm 89x130)
   coll. Withofs, Bruxelles

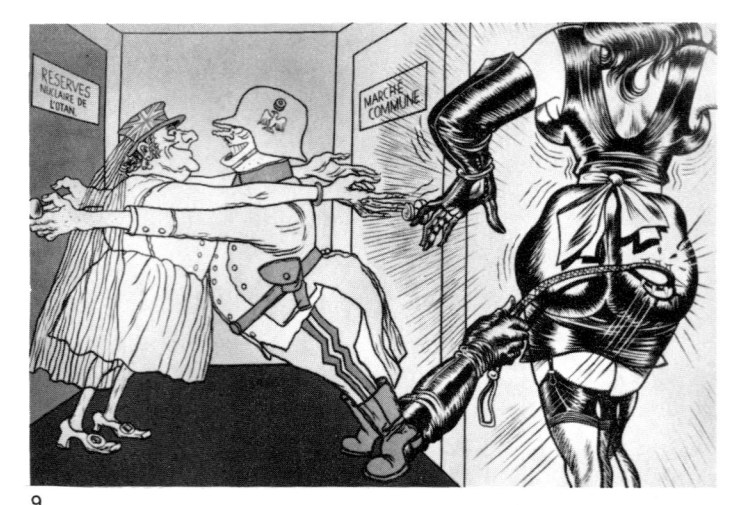

5. Liberté en action, Efimov 1964 (cm 89x130)
   coll. Withofs, Bruxelles
6. Vous êtes acquitté, Jauf 1969; Jim Bondage
   coll. Withofs, Bruxelles
7. Icebergs du Nord, B. Efimov 1966 (cm 89x130)
   coll. Withofs, Bruxelles
8. B. Efimov 1965, Stanton (cm 89x130)
8. B. Efimov 1965; Stanton (cm 89x130)
   coll. Withofs, Bruxelles
9. Marriage, Kukrynikoy 1965; Stanton (cm 89x130)
   coll. Withofs, Bruxelles

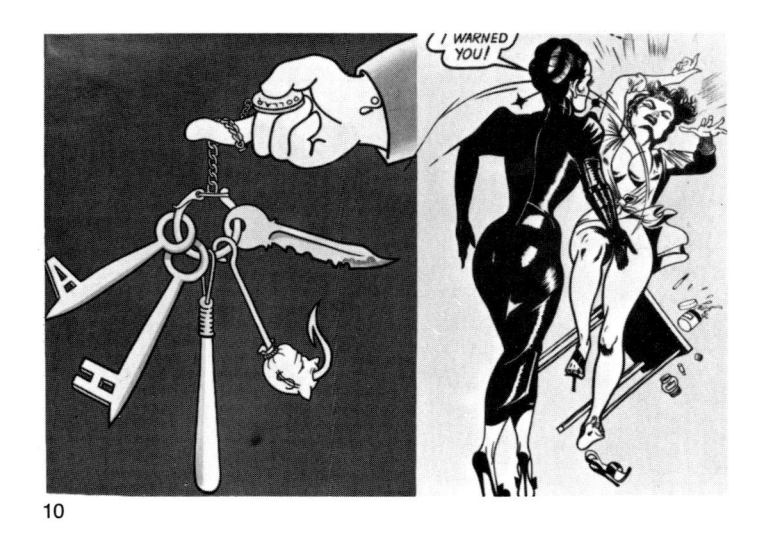

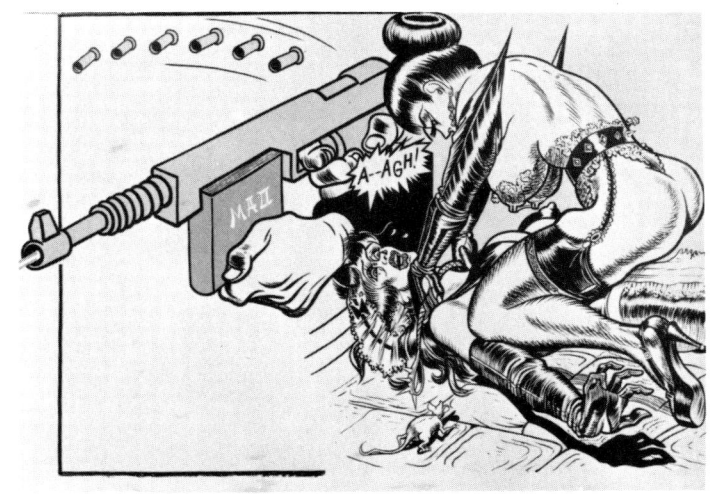

10. Wall street, Efimov 1962; Eneg (cm 89x130)
    coll. Withofs, Bruxelles
11. Efimov 1969, Torture Manor (cm 130x200)
    coll. Taittinger, Paris
12. La bonne éducation, Jugauf 1958; Stanton (cm 130x200)
13. Sans travail, Efimov 1955; Stanton (cm 130x200)
    coll. Withofs, Bruxelles
14. Au travail, Lissogorki (cm 130x200)
    coll. Schubert, Milano

15
16

15. Oder Neiss (cm 89x130)
    coll. Withofs, Bruxelles
16. Kukrynikoy 1965, Stanton (cm 89x130)
    coll. Withofs, Bruxelles
17. Planescape 1970 (cm 200x300)
    coll. Loeb, Berne

17

SERIE: BERLIN, 1970

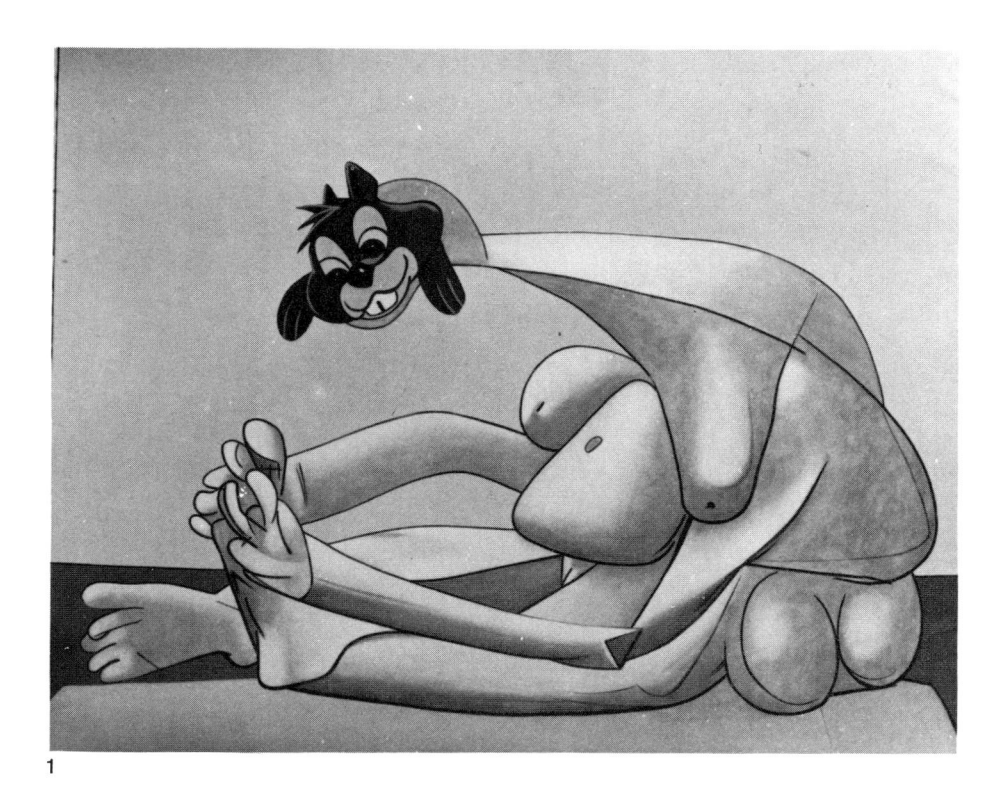

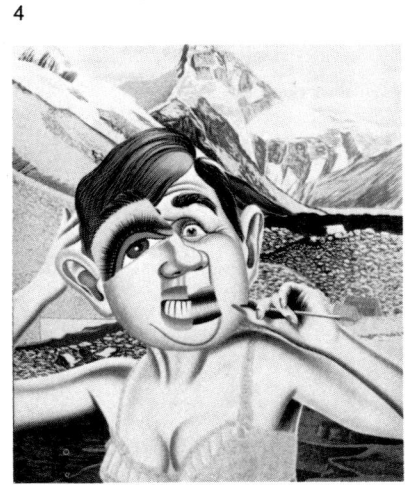

1. Am strand (cm 130x162)
   coll. Haas, Paris
2. Einige (cm 65x54)
3. In the rain (cm 100x100)
4. Le gourmet (cm 65 x 54)
   coll. Del Vayo, Caracas
5. C.C.C.P. (cm 54x102)
6. Katmandu (cm 92x73)
   coll. Galerie Haaken, Oslo
7. Flesh stripper (cm 100x100)
   coll. Masset, Paris

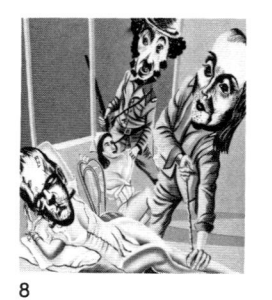

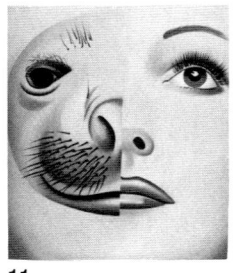

8. Infermiera (cm 65x54)
    coll. Del Vayo, Caracas
9. Japonais Christmas (cm 65x56)
    coll. Del Vayo, Caracas
10. Catalan (cm 162x130)
    coll. Jouffroy, Paris
11. See Hunds Frau (cm 65x54)
    coll. Priv., Paris
12. Early morning (cm 65x54)
13. A travers l'Atlantique (cm 195x150)
    coll. Priv., Bruxelles

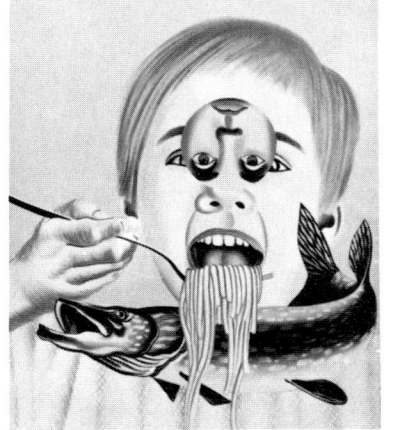

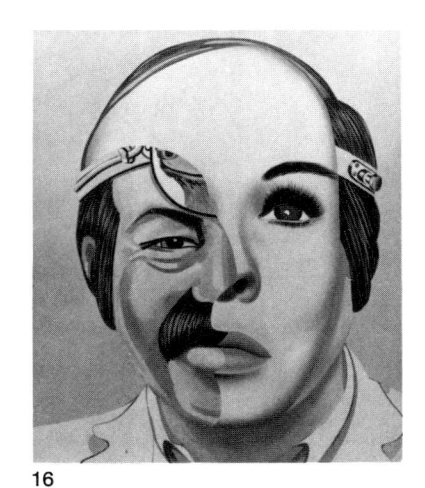

14. Big for Aslan (cm 130x200)
    coll. Elles, Köln
15. Spaghetti (cm 92x73)
    coll. Köenig, Bruxelles
16. Gunter Grass (cm 92x73)
    coll. Priv., Köln
17. Le Lem (cm 81x100)
18. Hommage pour Aslan (cm 68x102)

169

19

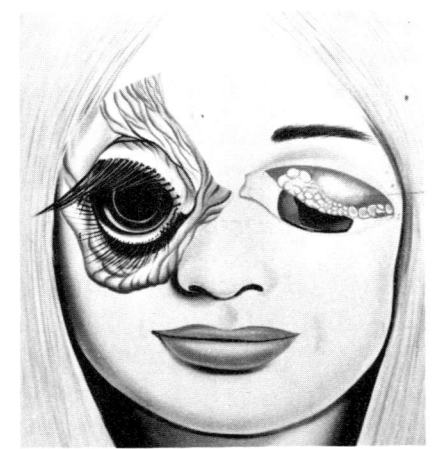

20

21

22

23

19. Mickey (cm 54x65)
    coll. Del Vayo, Caracas
20. Kamaramann (cm 89 x 146)
    coll. Tilman, Paris
21. Gauguin in Suisse (cm 100x65)
    coll. Köenig, Bruxelles
22. Fraulein Pfau (cm 65x54)
    coll. Boulakia, Paris
23. Spaghetti speed (cm 54x65)
    coll. Del Vayo, Caracas
24. Ecco, vuole bere (cm 81x100)

24

SERIE: BERLIN, 1971

1. Otto e mezzo (cm 195x150)
   coll. Galleria Arte Borgogna, Milano

2. Milionen Mark spiel (cm 162x130)
   coll. Givaudan, Paris

3. Braintouch (cm 130x97)
   coll. Wirth, New York

4. What happened to baby Jane (cm 130x97)

5. Red face (cm 130x97)
   coll. Priv., Paris

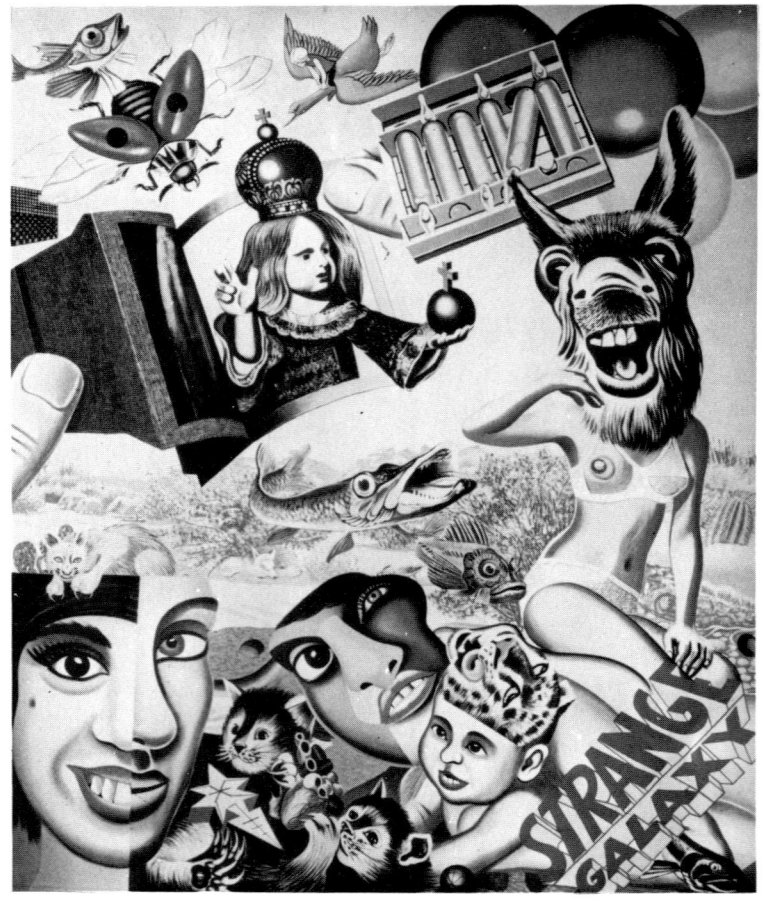

6. Strange galaxy (cm 162x130)
   coll. Buchholz, München

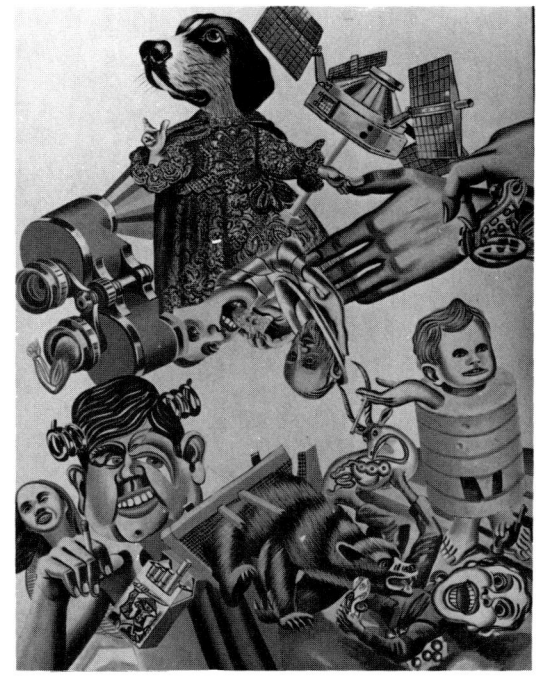

7. Familien idylle (cm 97x130)
   coll. Haftmann, Berlin
8. La secrétaire (cm 130x97)
   coll. Schubert, Milano
9. Picasso cigarettes (cm 130x97)
   coll. Priv., Paris

10. Hi-Jacker (cm 130x97)
    coll. Galleria Arte Borgogna, Milano

11. La magie de Nasser (cm 162x130)
    coll. Schubert, Milano

12. Regenbogen (cm 130x97)

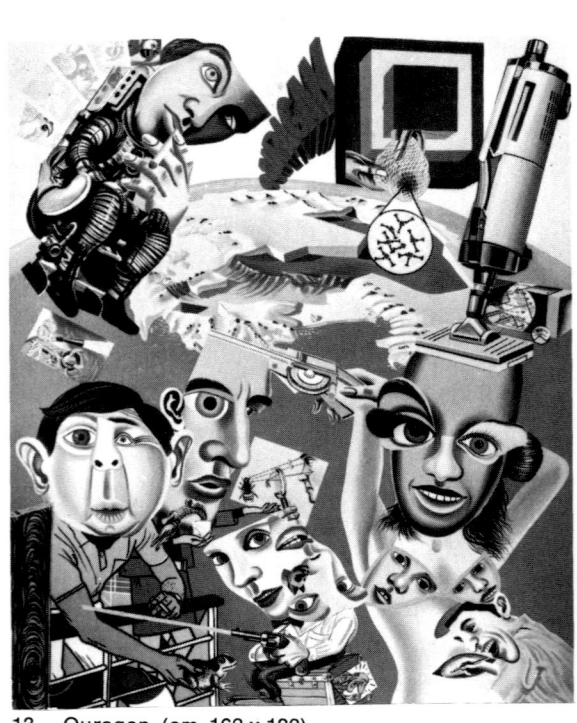

13. Ouragan (cm 162 x 130)

SERIE: 19, QUARANTA PUNTI, 1971

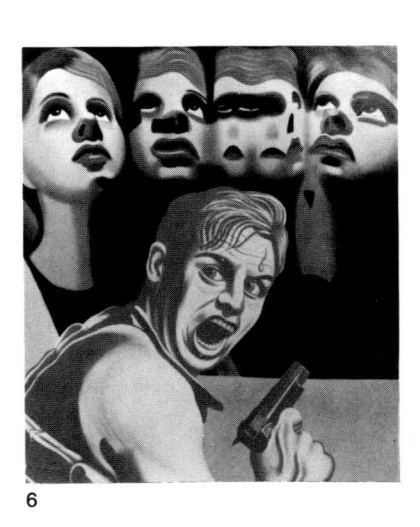

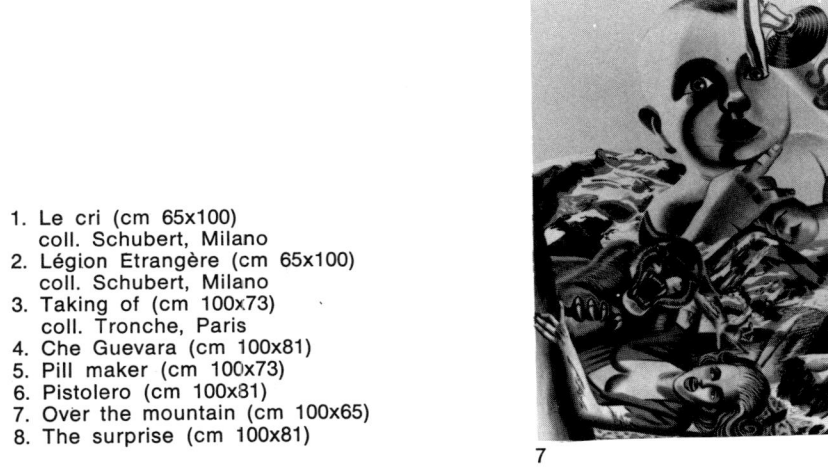

1. Le cri (cm 65x100)
   coll. Schubert, Milano
2. Légion Etrangère (cm 65x100)
   coll. Schubert, Milano
3. Taking of (cm 100x73)
   coll. Tronche, Paris
4. Che Guevara (cm 100x81)
5. Pill maker (cm 100x73)
6. Pistolero (cm 100x81)
7. Over the mountain (cm 100x65)
8. The surprise (cm 100x81)

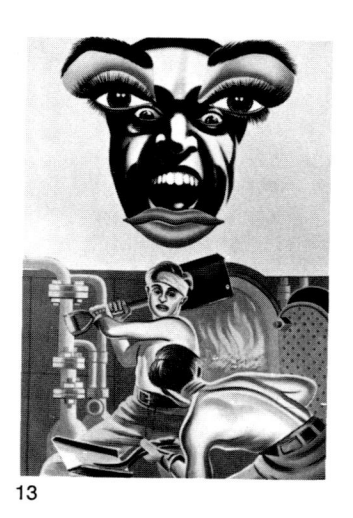

9. Falling fish (cm 100x65)
10. Bang (cm 100x73)
    coll. Reiwald, Bâle
11. The kiss (cm 100x65)
    coll. Schubert, Milano
12. The Beatles (cm 100x81)
    coll. Schubert, Milano
13. The twins (cm 100x65)
    coll. Masset, Paris
14. The balance (cm 100x73)
    coll. Galerie Beaubourg, Paris
15. Indian (cm 100x73)
    coll. Tronche, Paris
16. Alaska (cm 100x73)
17. The girl from Alger (cm 100x73)
18. Viet-Kong (cm 100x73)
19. Lady killer (cm 100x81)
    coll. Tronche, Paris

SERIE: THE GIRLS OF 1940-1971

1. Grand mother (cm 100x65)
2. Platino (cm 100x73)
   coll. Gregut, Paris
3. La ligne blanche (cm 100x65)
   coll. Schubert, Milano
4. Moonlight (cm 100x65)
   coll. Tronche, Paris
5. Machine for stockings (cm 100x65)
   coll. Tronche, Paris
6. Swordsman strikes! (cm 100x65)
   coll. Brownstone, Paris

SERIE: FISHING-GROUND FORMENTERA, 1971

1. Castro (cm 65x100)
   coll. Buchholz, München
2. Pomoxis annularis (cm 65x100)
   coll. Schubert, Milano
3. Para et Saumon (cm 100x65)
   coll. Galerie Haaken, Oslo
4. The pilot (cm 100x65)
   coll. Schubert, Milano
5. Signal (cm 100x65)
   coll. Buchholz, München
6. Crevette (cm 100x65)
   coll. Schubert, Milano
7. Goldwater (cm 100x65)
   coll. Boulakia, Paris
8. Saumon (cm 100x65)
   coll. Galerie Haaken, Oslo
9. Muskellunge (cm 100x65)
   coll. Schubert, Milano

**SERIE: EXPERIMENTS
FORMENTERA, 1972**

1. Static electricity (cm 100x200)
   coll. Schubert, Milano
2. Moving air (cm 97x60)
3. Electric motor (cm 130x97)
   coll. Schubert, Milano
4. The door bell (cm 100x71)
   coll. Reinwald, Berne
5. Magnets (cm 130x97)
   coll. Wirth, New York

6. Big turbines (cm 130x200)
   coll. Schubert, Milano
7. Swok! (cm 89x130)
   coll. Schubert, Milano
8. Helices (cm 100x160)
   coll. Schubert, Milano
9. At last it can be told (cm 130x195)
   coll. Schubert, Milano

10. The wind (cm 128x67)
    coll. Galerie Haaken, Oslo
11. Air burning (cm 116x89)
    coll. Schubert, Milano
12. The egg and bottle (cm 100x81)
    coll. Schubert, Milano
13. Comic time (cm100x81)
14. Holiday (cm 127x66)
15. Making a kompass (cm 130x97)

16. Bending light (cm 81x100)
    coll. Tronche, Paris
17. Reflections (cm 81x100)
    coll. Givaudan, Paris
18. Le Lem (cm 200x100)
    coll. Galerie Haaken, Oslo
19. Small turbines (cm 71x100)
    coll. Quille, Paris
20. Batteries (cm 65x100)
    coll. Masset, Paris
21. Optical illusions (cm 128x67)
22. Electromagnet (cm 130x97)
    coll. Fels, Paris

23. Moulain (cm 97x130)
24. Insulation (cm 97x130)
25. Projection (cm 97x130)
26. African experiment (cm 200x100)
    coll. Gregut, Paris
27. Through the glass (cm 97x130)
    coll. Tronche, Paris

28
29
30
31

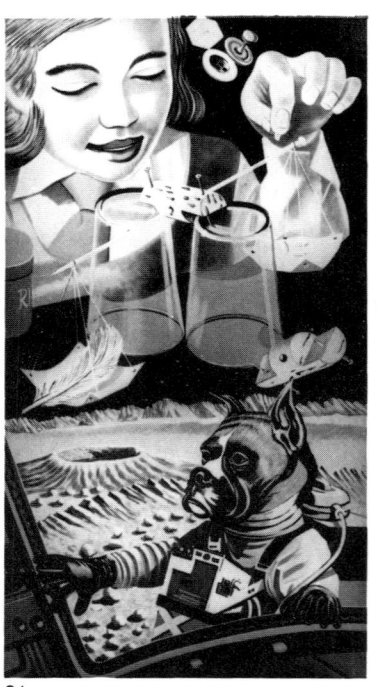

28. We must have air (cm 89x130)
    coll. Tronche, Paris
29. Jet engines (cm 89x130)
    coll. Tronche, Paris
30. Tricks with motions (cm 128x67)
    coll. Fels, Paris
31. Balance (cm 127x66)
    coll. Schubert, Milano
32 The spectrum (cm 128x67)
    coll. Fels, Paris

32

SERIE: PERSPECTIVES, 1972

1. Stop smogging (cm 130x195)
   coll. Greenbaum, Washington D.C.

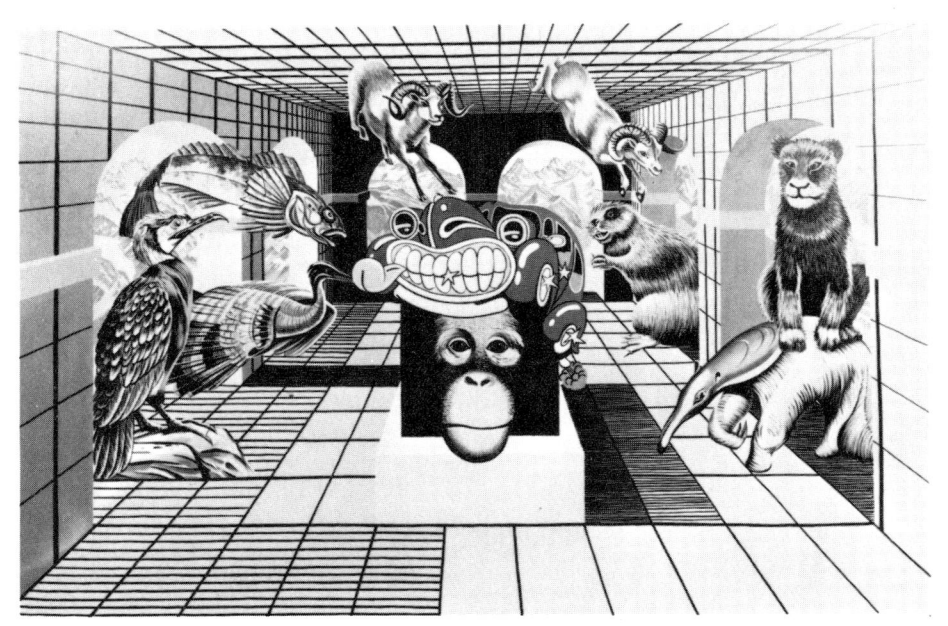

2. Furi Zermatt (cm 130x195)
   coll. Givaudan, Paris

3. The diamond ring (cm 130x195)

4. Compas de route (cm 130x195)
   coll. Schubert, Milano

5. Gymnasium (cm 130x195)

6. Formentera (cm 130x195)
   coll. Buchholz, München

SERIE: 4 CITIES, 1972

1. Mao in Paris (cm 162x130)
   coll. Lavigne, Paris

2. The Red Square (cm 195x130)
   coll. Priv., Paris

3. Piazza San Marco (cm 162x130)
   coll. Chaputo, Vitry

4. Capitol (cm 162x130)
   coll. Priv., Paris

SERIE: REST AND RECREATION, 1962

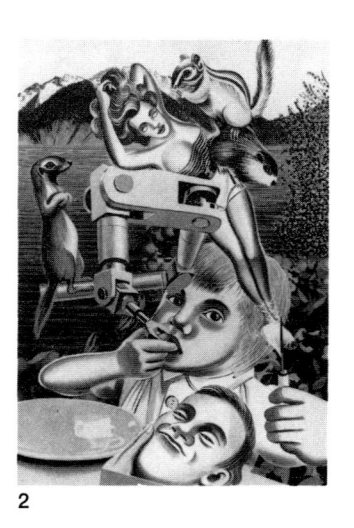

1. The lover (cm 81x100)
   coll. Tronche, Paris
2. Camembert (cm 100x65)
   coll. Tronche, Paris
3. Rest and recreation (cm 100x60)
   coll. Boulakia, Paris
4. The Swiss Army (cm 100x65)
   coll. Tronche, Paris

SERIE: MADE IN JAPAN, 1962

1. Made in Japan No. 8 (cm 162x130)
   coll. Cordier, Paris

2. Made in Japan No. 2 (cm 162x130)
   coll. Cordier, Paris

3. Comicscape (cm 200x300)
coll. Saris Ker Jaffré

4. Made in Japan No. 6 (cm 162x114)
coll. Galerie Haaken, Oslo

5. Made in Japan No. 5 (cm 162x130)

6. Made in Japan No. 4 (cm 162x130)
   coll. Cordier, Paris

7. Made in Japan No. 3 (cm 162x130)
   coll. Givaudan, Paris

8. Made in Japan No. 1 (cm 162x130)
   coll. Galerie Buchholz, München

9. Made in Japan No. 7 (cm 162x130)
   coll. Adami, Paris

SERIE: PORTRAITS, 1973

1. Topor (cm 130x195)

2. Trotski (cm 162x130)

3. Escher (cm 130x195)

4. Allende (cm 92x73)

5. Granville (cm 195x130)

6. Space portrait (cm 195x130)

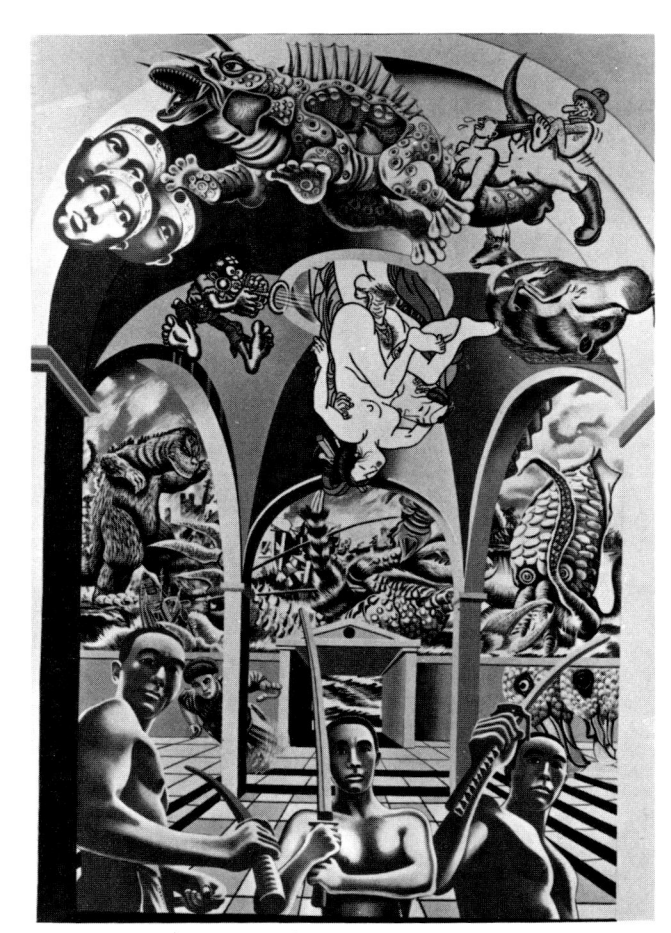

7. Misimi (cm 195 x 130)
coll. Moyens, Alexandria

SERIE: FOR R. CRUMB FORMENTERA, 1973

1. Give my all (cm 97x130)
2. Hippy queen (cm 89x130)
3. Schweig! (cm 89x130)
4. Used to Syphon (cm 89x130)

5. Exercise (cm 89x130)
6. Défense passive (cm 89x130)
7. Etiopia (cm 89x130)
8. Moi aussi (cm 89x130)

9. Lovescape (cm 200x300)
   coll. Galerie Buchholz, München

10. S'long dad (cm 97x130)
11. Excuse me! (cm 97x130)
12. Infanterie (cm 89x130)

13. Gurk (cm 89x130)
    coll. Schubert, Milano
14. Ist der Gieg! (cm 97x130)
15. Knee slapper (cm 97x130)
16. Lovely tubes (cm 97x130)

SERIE: SUCHART BANGKOK, 1964

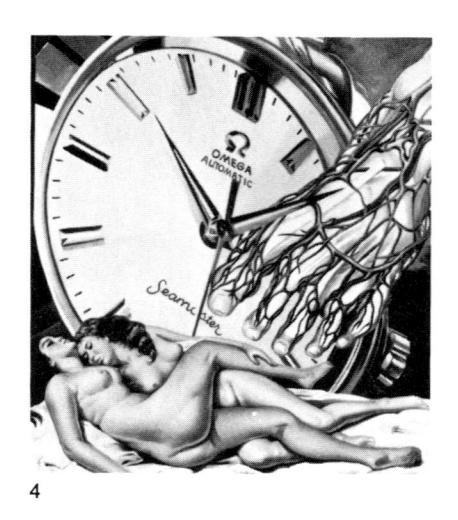

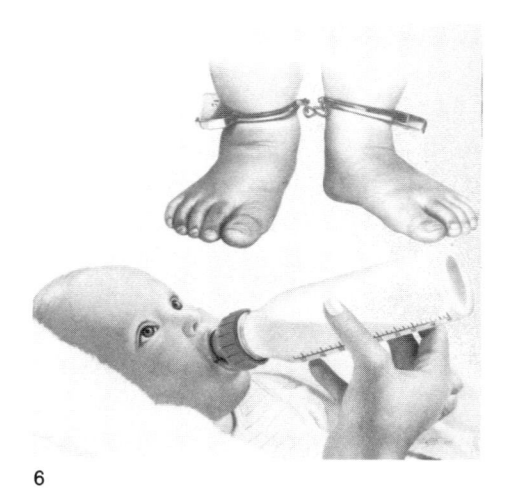

1. Experiment (cm 97x50)
2. Stérilisation (cm 95x97)
3. U.S. Navy 504 (cm 97x45)
4. Ten past ten (cm 97x80)
   coll. Kerlikowski, München
5. The fox (cm 97x45)
6. The first dream (cm 92x97)
7. U.S. Army 201 (cm 95x52)
8. Viet Kong (cm 100x97)

9. Goodbye Vietnam (cm 47x98)
10. Eggertsville (cm 75x100)
11. White House (cm 75x100)
12. Apollo 5 (cm 97x62)
13. Colapse water pocket (cm 97x58)
14. Totem polls (cm 97x62)
15. Manila (cm 97x57)
16. Museum of Modern Art Paris (cm 97x57)
17. Wisconsin vacation (cm 97x54)
18. S.O.S. (cm 97x56)

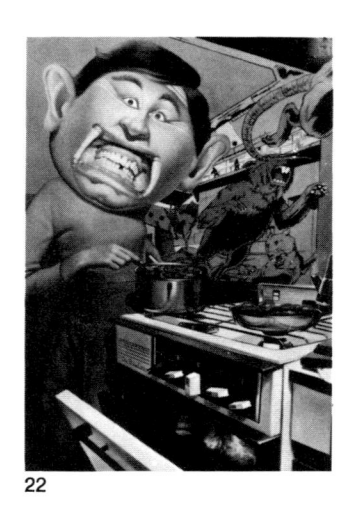

19. Washington (cm 100x80)
20. Jesse Owens (cm 97x76)
21. For 4 (cm 80x100)
22. The housewife (cm 100x66)
23. Spacemen (cm 97x64)
24. Mother in law (cm 97x62)
25. Six legs (cm 92x67)
26. Before and after (cm 97x63)
27. Après-ski à Zermatt (cm 100x73)

SERIE: SOI SIP SONG BANGKOK, 1974

1. Ho Chi Minh (cm 130x195)
2. Stravinsky (cm 162x130)
3. Göthe (cm 162x130)

4. Ian Smith (cm 130x162)
   coll. Galerie Buchholz, München
5. La Révolution Française (cm 130x162)
6. El Greco (cm 100x81)
7. Kaddafi (cm 162 x 130)
8. Gandhi (cm 162x130)
   coll. Bokobsa, Paris

9. Orson Wells (cm 130x162)
   coll. Galerie Buchholz, München
10. Marcel Proust (cm 114x162)
11. Sihanouk (cm 162x130)
12. Wagner (cm 162x130)

SERIE: CHINISE PAINTINGS, 1974

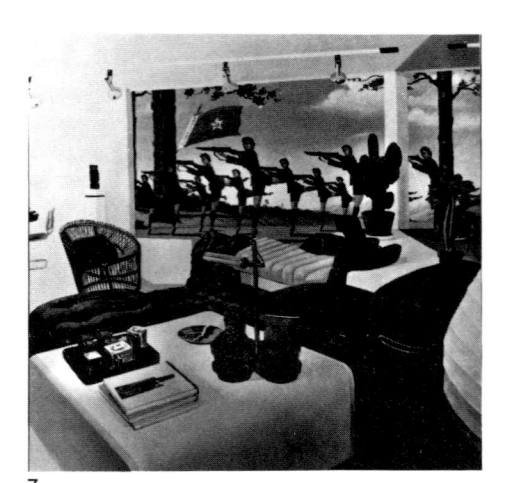

1. Paris (cm 97x85)
2. United Nations (cm 91x95)
3. Christmas at White House (cm 97x90)
4. Big Ben (cm 96x97)
5. Tailand (cm 97x91)
6. Chicago (cm 97x91)
7. New York (cm 92x97)
8. Madras (cm 85x97)

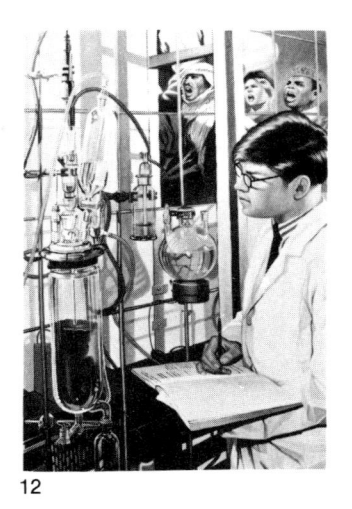

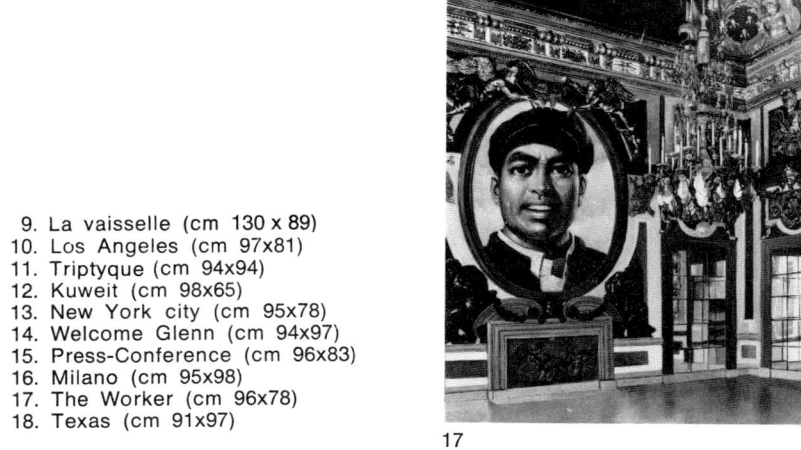

9. La vaisselle (cm 130 x 89)
10. Los Angeles (cm 97x81)
11. Triptyque (cm 94x94)
12. Kuweit (cm 98x65)
13. New York city (cm 95x78)
14. Welcome Glenn (cm 94x97)
15. Press-Conference (cm 96x83)
16. Milano (cm 95x98)
17. The Worker (cm 96x78)
18. Texas (cm 91x97)

205

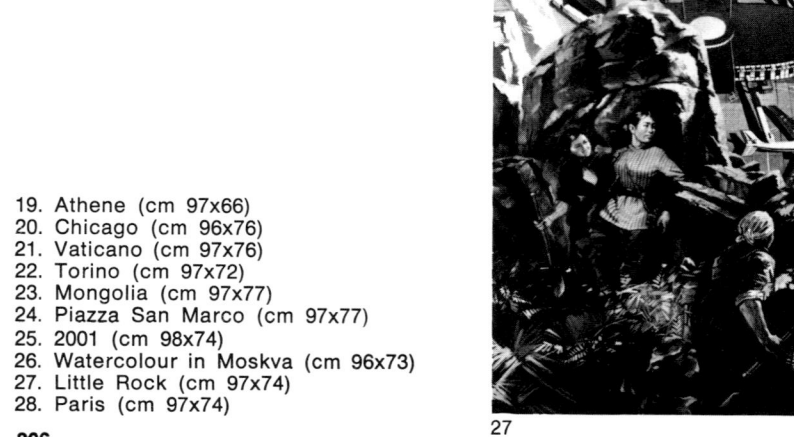

19. Athene (cm 97x66)
20. Chicago (cm 96x76)
21. Vaticano (cm 97x76)
22. Torino (cm 97x72)
23. Mongolia (cm 97x77)
24. Piazza San Marco (cm 97x77)
25. 2001 (cm 98x74)
26. Watercolour in Moskva (cm 96x73)
27. Little Rock (cm 97x74)
28. Paris (cm 97x74)

29
30
31
32
33
34
35
36

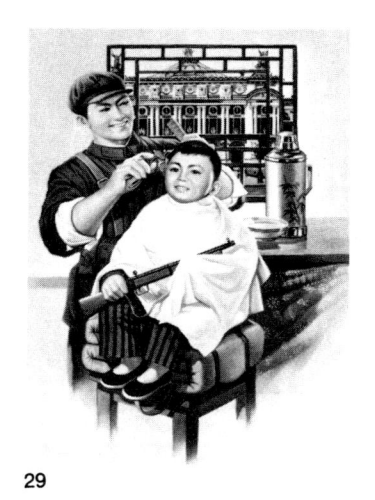

29. Opéra de Paris (cm 97x67)
30. Notre-Dame (cm 96x77)
31. Bangkok (cm 94x96)
32. Making bread (cm 130x88)
33. Neuschwanstein (cm 97x60)
34. Amsterdam (cm 97x82)
35. Chine (cm 97x53)
36. Breakfast (cm 97x65)
37. The next step (cm 96x62)
38. After work (cm 96x77)

37
38

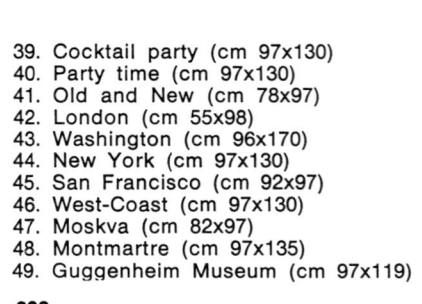

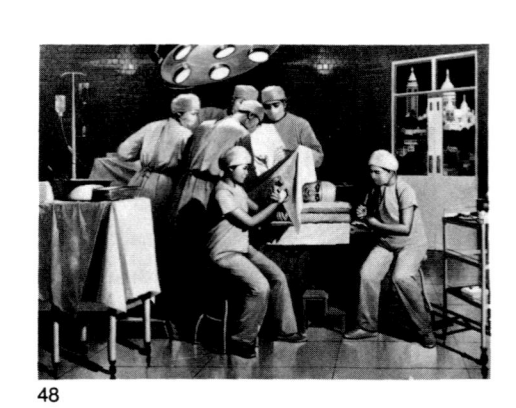

39. Cocktail party (cm 97x130)
40. Party time (cm 97x130)
41. Old and New (cm 78x97)
42. London (cm 55x98)
43. Washington (cm 96x170)
44. New York (cm 97x130)
45. San Francisco (cm 92x97)
46. West-Coast (cm 97x130)
47. Moskva (cm 82x97)
48. Montmartre (cm 97x135)
49. Guggenheim Museum (cm 97x119)

50. Firenze (cm 68x95)
51. United States (cm 130x97)
52. Alabama (cm 69x98)
53. Virginia (cm 130x97)
54. In front of New York (cm 97x151)
55. Heathrow (cm 130 x 97)
56. Time and Live (cm 50x97)
57. Venus (cm 130x97)

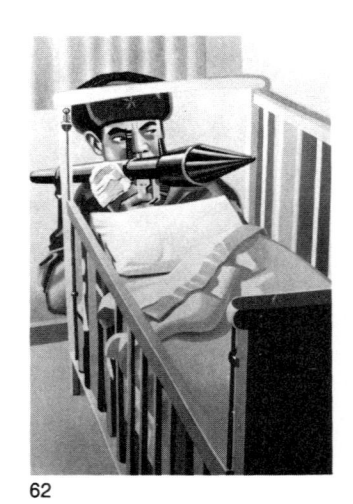

58. Kremlin (cm 59x97)
59. Copenhagen (cm 100x65)
60. Le Vatican (cm 162x130)
61. Victoria (cm 130x89)
62. Pink bed (cm 100x65)
63. Berlin (cm 130x89)
64. Premier Prix (cm 130x89)

SERIE: TETE TOURNANTE

1. Tête No. 2 (cm 130x89)
2. Monkey business (cm 100x81)
3. Tête No. 4 (cm 130x97)
4. Tête No. 3 (cm 130x89)
5. Tête No. 1 (cm 162x130)

SERIE: LEGER, 1974

1. Challenges all power (cm 195x130)
   coll. Priv., Bruxelles

2. Homage to carneval (cm 195x130)
   coll. Priv., Bruxelles

3. L'accordéon (cm 195x130)
   coll. Chaputo, Vitry

4. La mano rossa (cm 195x97)
   coll. Koenig, Bruxelles

5. The atom stone (cm 195x95)

213

6. Topino Lebrun (cm 200 x 300)

7. B.R.Boom (cm 195x97)

8. Escape artist (cm 162x97)
coll. Fedeli, Milano

SERIE: SOI 103

1. La bandiera rossa (cm 130x162)
coll. Galleria Arte Borgogna, Milano

2. Les canards hystériques (cm 162x130)
coll. Galleria Arte Borgogna, Milano

3. Le cancérologue (cm 162x114)
coll. Galleria Arte Borgogna, Milano

4. NATO (cm 130x162)
   coll. Galleria Arte Borgogna, Milano

5. Oscar Wilde (cm 162x97)
   coll. Galleria Arte Borgogna, Milano

6. Danzig (cm 130x81)
   coll. Galleria Arte Borgogna, Milano

7. King Kong (cm 162x114)
   coll. Galleria Arte Borgogna, Milano

8. La gifle (cm 130x162)
   coll. Galleria Arte Borgogna, Milano

9. La grand-mère de Napoléon (cm 114x162)
   coll. Galleria Arte Borgogna, Milano

10. Hallo Mutti (cm 162x100)
    coll. Galleria Arte Borgogna, Milano

11. Girl commando (cm 130x162)
    coll. Galleria Arte Borgogna, Milano

12. Ludwig II (cm 162x97)
    coll. Priv., Paris

13. Two friends (cm 162x89)
    coll. Galleria Arte Borgogna, Milano

14. Pinocchio à Antibes (cm 162x100)
    coll. Galleria Arte Borgogna, Milano

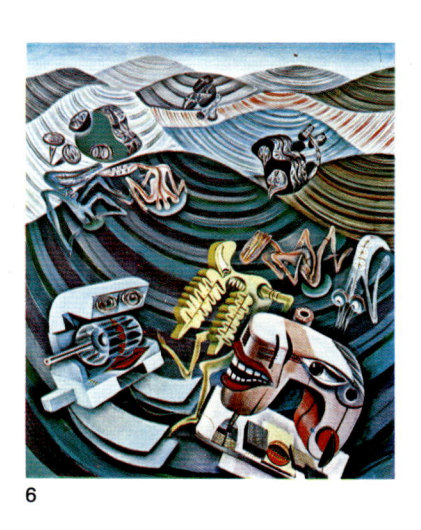

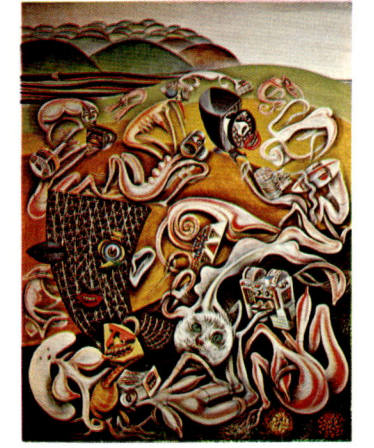

1. The death of an art collector (cm 130x200)
2. Les Galapagos (cm 200x300)
3. Auto-transformateur des générations (cm 200x300)
4. La révérence (cm 65x81)
5. Nerfs crâniens (cm 100x75)
6. Mountain settler (cm 80x65)
7. Abolition des races (pour Nina Thoeren) (cm 200x300)
8. Eyewitness (cm 100x73)

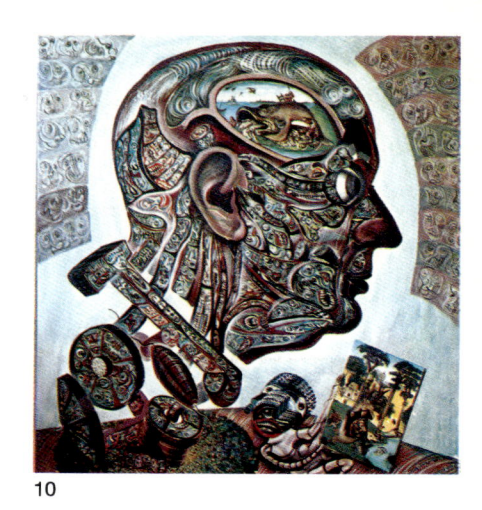

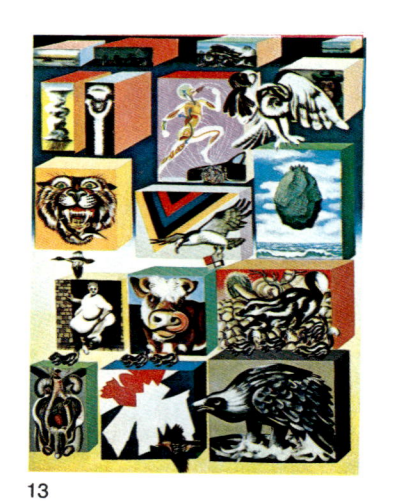

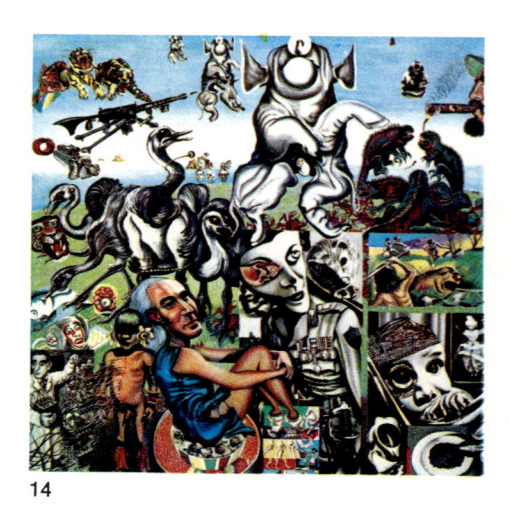

9. La fine taille de la reine de "Phases" (réponse à un coup de téléphone en février) (cm 130x175)
10. Soma René de Solier (cm 80x73)
11. On the mount of Thonk (cm 65x100)
12. Tears for two (cm 65x100)
13. The first Mondrian leaves for America (cm 130x97)
14. Dossier Oppenheimer (cm 140x140)
15. Lunes microbiennes (cm 116x65)
16. Picasso's Eye (cm 120x97)

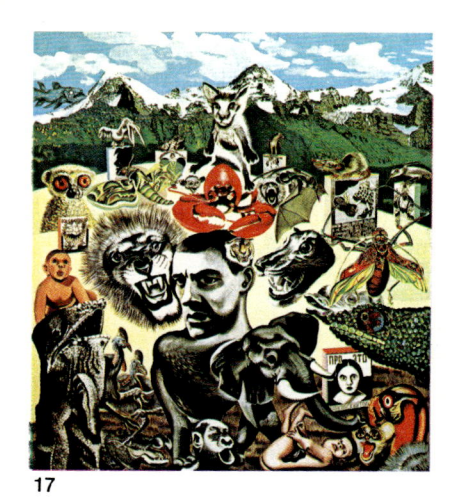

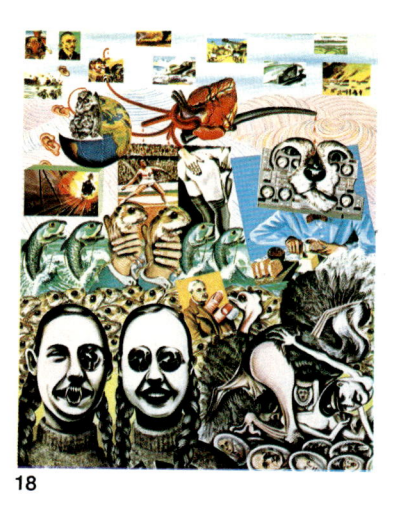

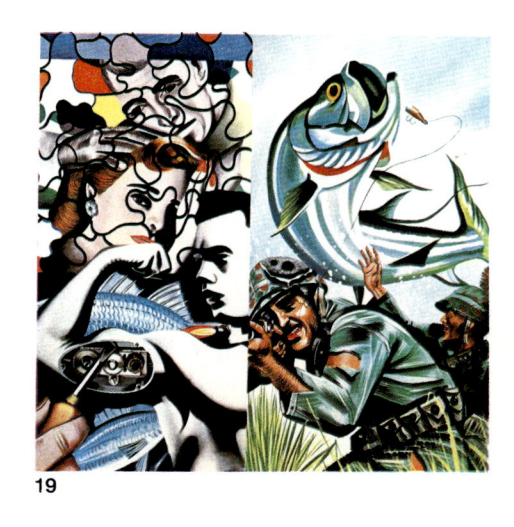

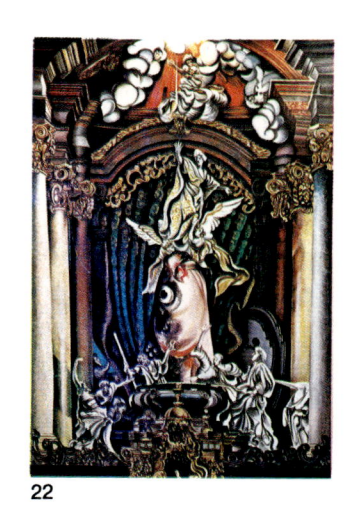

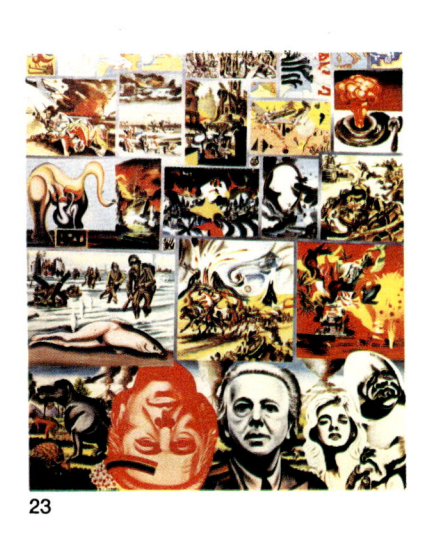

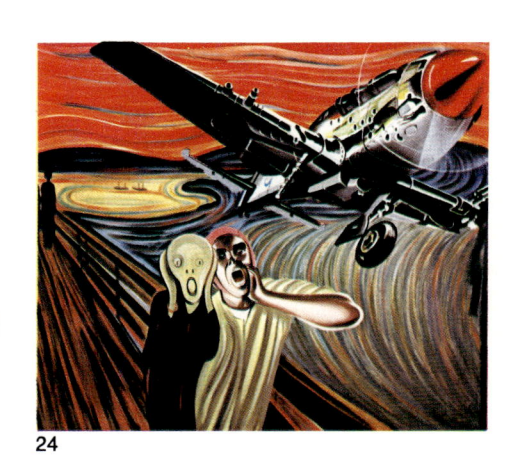

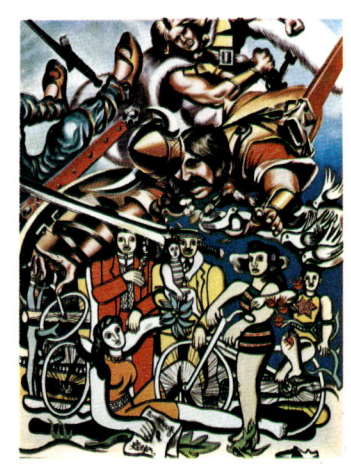

17. To Maiakovski (cm 161 x 140)
18. The twins, or Stalin and the Ostrich (cm 144x114)
19. American dream (cm 102x102)
20. Brainwashing of rainbow trout (cm 89x102)
21. Richelieu 1642 (cm 65x100)
22. Le dernier Jugement de la Carpe (cm 200x130)
23. Les surréalistes à travers la seconde guerre mondiale (cm 160x130)
24. Le deuxième cri (cm 75x85)
25. La famille française (cm 138x100)

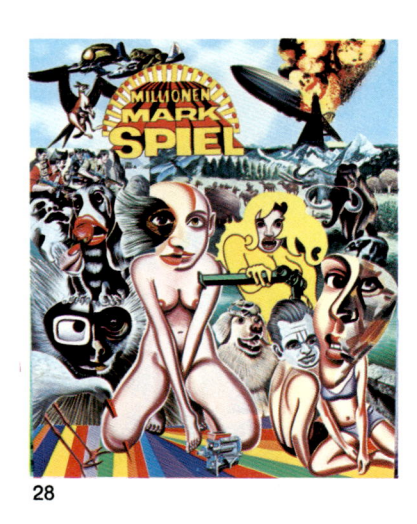

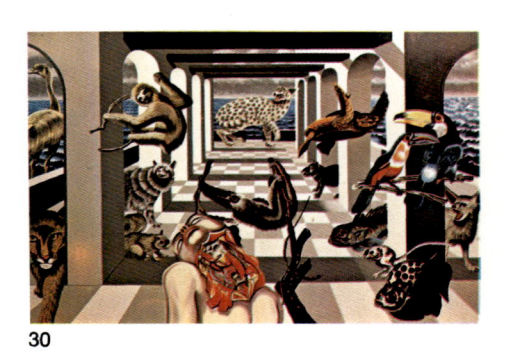

26. Trois Tolstoi (cm 162 x 130)
27. Liberté en action, Efimov 1964 (cm 89x130)
28. Milionen Mark spiel (cm 162x130)
29. Insulation (cm 97x130)
30. Formentera (cm 130x195)
31. Mao in Paris (cm 162x130)
32. Made in Japan No. 3 (cm 162x130)
33. American intérieur No. 1 (cm 89x116)
34. American intérieur No. 5 (cm 140x200)

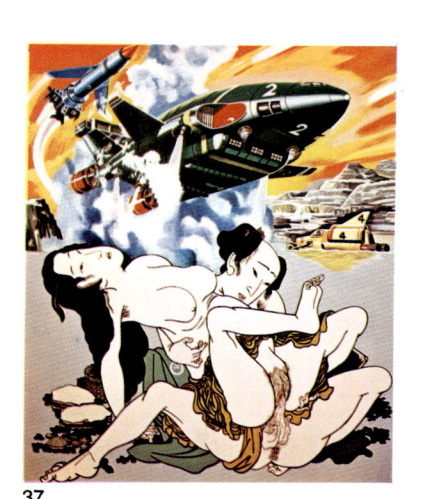

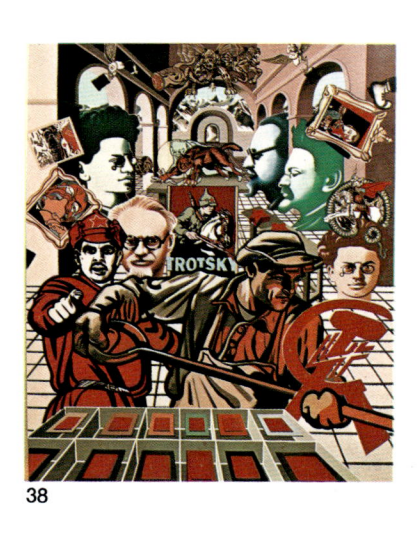

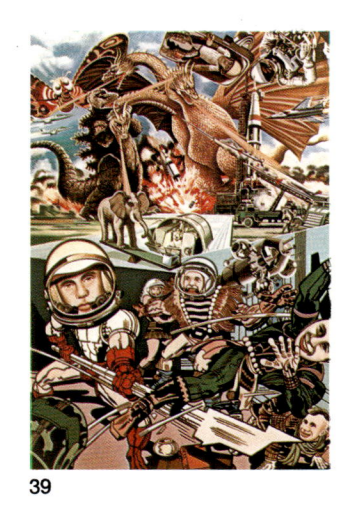

35. Escher (cm 130x195)
36. Knee Slapper (cm 97x130)
37. Made in Japan No. 7 (cm 162x130)
38. Trotsky (cm 162 x 130)
39. Space portrait (cm 195x130)
40. Stérilisation (cm 95x97)
41. Apollo 5 (cm 97x62)
42. Spacemen (cm 97x64)

225

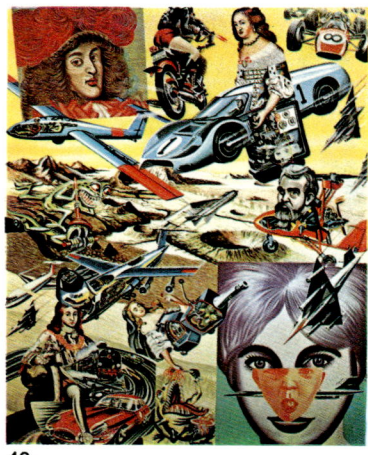

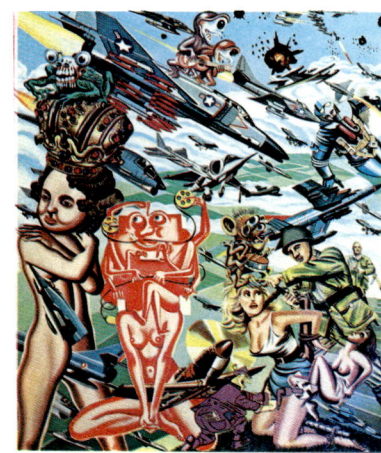

43. In front of New York (cm 97x151)
44. Milano (cm 95x98)
45. Stravinsky (cm 162x130)
46. The Queen of speed (cm 162x130)
47. The speed of Frederic le Grand
    (cm 162x130)
48. The speed of Louis XIV (cm 162x130)

BIBLIOGRAFIA / BIBLIOGRAPHIE / BIBLIOGRAPHY

1932 Nasce a Olafsvik (Islanda) il 19 luglio.
1949 Studia all'Accademia d'Arte di Reykjavik.
1951 Ottiene il diploma di professore di Storia dell'Arte.
1952/54 All'Accademia d'Arte di Oslo dipinge degli affreschi e fa delle incisioni.
1953 Compie viaggi di studio in Spagna, Germania e Francia.
1954 Viaggi in Italia e in Sicilia.
1955/58 Visita l'Accademia d'Arte di Firenze e studia i mosaici di Ravenna, poi compone numerosi mosaici murali a Reykjavik.
1957 Compie un soggiorno di otto mesi in Israele; mostre itineranti nei musei di Gerusalemme, Tél-Avi'v e Haifa.
1958 Si stabilisce a Parigi.
1962 Happening che ha come tema la catastrofe con J.J. Lebel alla Galleria Cordier di Parigi; compone il primo « Mécanifest » pubblicato a Venezia e gira « Mécamorphoses », film realizzato con Eric Duvivier.
1963 Viaggio a New York e mostra; secondo « Mécanifest », catalogo pubblicato a Venezia; Happening Goldwater.
1964 Inizia il suo primo film « Grimaces ». Viaggio in Russia e soggiorno a New York.
1966 Gira « Stars ».
1967 Viaggio a Cuba.
1966/71 Compie due viaggi in Russia, numerosi soggiorni a New York; « Borsa di Lavoro » a Berlino.
1972/75 Lunghi soggiorni in Tailandia e in Estremo Oriente.

1932	Born in Olafsvik, Iceland, July 19th.
1949	Academy of Art, Reykjavik.
1951	Diploma in Art.
1952/54	Paints frescoes and engraves, Academy of Art, Oslo.
1953	Travel for study in Spain, Germany and France.
1954	Travels in Italy and Sicily.
1955/58	Academy of Art in Florence, studies the mosaics in Ravenna, then many mosaic works in Reykjavik.
1957	Eight months in Israel; travelling exhibitions at Museum of Jerusalem, Tél-Avi'v and Haifa.
1958	Lives in Paris.
1962	Happening on the catastrophe with J.J. Lebel, Cordier Gallery, Paris; first « Mécanifest » published in Venise; « Mécamorphose », film realized with Eric Duvivier.
1963	Travel in New York and exhibition; second « Mécanifest » (catalogue published in Venise); Happening Goldwater.
1964	First film « Grimaces ». Travel in Russia; stay in New York.
1966	Film « Stars ».
1967	Travel in Cuba.
1966/71	Many travels in New York, in U.R.S.S.; « Bourse de travail » in Berlin.
1972/75	Long stay in Thailand and in the Fare East.

1932	Né le 19 Juillet à Olafsvik, Islande.
1949	Académie d'Art, Reykjavik.
1951	Diplôme comme professeur d'Art.
1952/54	Peint des fresques et gravures à l'Académie d'Art d'Oslo.
1953	Voyages d'études en Espagne, Allemagne et France.
1954	Voyages en Italie et Sicile.
1955/58	Académie d'Art de Florence et études de mosaïques à Ravenna, plusieurs mosaïques murales à Reykjavik.
1957	Séjour de huit mois en Israël, expositions itinérantes aux Musées de Jérusalem, Tel Avi'v, Haifa.
1958	S'installe à Paris.
1962	Happening sur la catastrophe avec J.J. Lebel à la Galerie Cordier, Paris; premier « Mécanifest » publié à Venise; « Mécamorphoses », film réalisé avec Eric Duvivier.
1963	Voyage à New York et exposition, deuxième « Mécanifest », catalogue publié à Venise; Happening Goldwater.
1964	Commence son premier film « Grimaces ». Voyage en Russie; séjour à New York.
1966	Film « Stars ».
1967	Voyage à Cuba.
1966/71	Plusieurs séjours à New York; deux voyages en Russie; « Bourse de Travail » à Berlin.
1972/75	Plusieurs séjours prolongés en Thailande et en Extrême-Orient.

MOSTRE PERSONALI / EXPOSITIONS PERSONNELLES / ONE-MAN EXHIBITIONS

1955	Galleria Santa-Trinità, Firenze.
1956	Galleria Montenapoleone, Milano.
	Galleria Schneider, Roma.
1957	Maison des Artistes, Reykjavik.
1958	Musée National Betzalel, Jérusalem.
	Musée d'Art Moderne, Haifa.
1960	Galerie Chirvan, Paris.
	Maison des Artistes, Reykjavik.
1961	Galleria del Cavallino, Venezia.
	Galleria del Naviglio, Milano.
1962	Galerie J. Dols, Liège.
1963	Galerie Sydow, Frankfürt.
	Galerie Saint-Germain, Paris.
1964	Gertrude Stein Gallery, New York.
	Eduard Smith Gallery, New York.
	Galleria Schwarz, Milano.
1965	Galleria L'Attico, Roma.
	Maison des Artistes, Reykjavik.
	Galerie Saint-Germain, Paris.
	Galerie J. Ranson, Paris.
1966	Galerie Kaléidoscope, Gand.
1967	Galleria Schwarz, Milano.
	Galerie Krikhaar, Amsterdam.
1968	Galerie Givaudan, Paris.
	Galerie Mendoza, Caracas.
1969	A.R.C., Musée d'Art Moderne, Paris.
	Galerie Heland, Stockholm.
	Galerie Givaudan, Paris.
	Galerie Thelen, Essen.
	Galerie Östergren, Malmö.
1970	Galerie André, Berlin.
	Galerie 3 Laplace, Paris.
	Galerie Kerlikowsky, München.
	Musée Gallièra, Paris.
1971	Art-Club, Antibes.
1972/73	Galerie Boulakia, Paris.
	Galleria Arte Borgogna, Milano.
	Kunstmarkt, Köln.
	Galerie Buchholz, München.
1974/75	D.K. Bookhouse, Bangkok.
	"Let's Mix All Feelings Together, Baruchello, Errò, Fahlström, Liebig,"
	Stadtische Galerie Im Lenbachhaus, München,
	Frankfurter Kunstverein.
	Städtische Galerie Im Lenbachhaus, München,
	Städtiches Museum
	Leverkusen Schlots. Morsbroish.
	Arc 2. Musée d'Art Moderne, Paris.
	Maison de la culture Rennes.
	Louisiana Musée Humblebaek.
	Musée D'Saint-Omere.
	Musée des Beaux-Arts, Brest.
	Palais des Papes, Avignon.
	Sigma, Bordeaux.
	Biennale di Venezia (1975), "proposte per Mulino Stucky".
	Kunstmuseum, Luzern.
	Europalia, Palais des Beaux-Arts, Bruxelles.
	Galerie Lanzemberg, Bruxelles.
	Galleria Arte Borgogna, Milano.
	Neue Galerie, Samlung Ludwig, Aachen.
1976	Musée Despiau et Wlerick Mont-De Marsan.
	M.J.C. St. Etienne-Du Rouyray.
	Rotterdamse Kunststichting, Rotterdam.
	Galerie Baubourg, Paris.
	O. K. Harris, New York.

ALCUNE ESPOSIZIONI COLLETTIVE / QUELQUES EXPOSITIONS COLLECTIVES / SOME GROUP EXHIBITIONS

1960	"Anti-procès", Paris.
	"Four Islanders", Moscow.
1961	Galerie R. Cordier, Paris.
	Surindépendants, Paris.
	Stedelijk Museum, Amsterdam.
1961/63/65	Biennale, Paris.
1961/62/63/64/65/66/67/68/69	Salon de Mai, Paris.
1964	Biennale, Tokyo.
	Exposition: Seibu, Tokyo, Osaka, Kyoshu, Nagoya.
	PVI Gallery, New York.
	"Le Surréalisme", Galerie Charpentier, Paris.
	"100 Male Artists", PVI Gallery, New York.
	"Phantastische Kunst", Galerie Obere Zaune, Zürich.
	"L'Art et la Révolution Algérienne", Alger.
	"Exposition Pilote", Galerie Smith, Paris.
	Biennale, San Paolo.
1965	"La Figuration Narrative dans l'Art Contemporain", Paris.
1965/66/67	"Salon de la Jeune Peinture", Paris.
1966	"Labyrinthe", Berlin.
	Mai - Salon, Skopje, Beograd.
	"L'Art Fantastique Contemporain", Musée d'Antibes.
1967	"Salone Internazionale dei Giovani", Civica Galleria d'Arte Moderna, Milano.
	"Foules du Temps Présent", MJC Paris 20, Paris 15.
	Mairie d'Issy, Montrouge.
	Salon de Mai, Havana, Cuba.
	"Phantastische Kunst", Kunsthalle, Bern.
	"Le Mythe Quotidien", Lens.
1968	"Nordisk Kunst", Copenhagen.
	"Surrealismus in Europa", Baukunst, Köln.
	Biennale n. 1, Lugano.
1969	"France Art", Australia.
	"Drei Richtungen in der französischen Gegenwartskunst", Hannover, München, Köln, Mons, Anvers, Bruxelles.
	"Kunst und Politik", Kunstverein Karlsruhe.
	Mai-Salon, Beograd.
1970	"Aspects du Racisme", Paris.
1974	"Nouvelles Figurations", Montbliart.
	"Les visionneurs", Galerie 15, Basel.
	Galerie Vega, Liège.
	"Un nouvel art en France", Tour Kennedy, Liège.
	First International Biennale, Tokyo.

BIBLIOGRAFIA / BIBLIOGRAPHIE / BIBLIOGRAPHY

J.J. Lebel, "Latitude 63° 20'", Galleria Montenapoleone, Milano; Mar. 1956.
H. Kréa, "L'Islandais ou l'Amour Peintre", Galleria Schneider, Roma; Ott. 1956.
O. Halfdànarsson, "Ferrò", Visir, Reykjavik; Apr.-Mag. 1957.
K. Katz, "Ferrò", Betzalel National Museum, Israel; Feb. 1958.
M. Ronnen, "Bright Stars at Betzalel", *The Jerusalem Post*, Jerusalem; Gen. 31, 1958.
T.H.F.M., "Ferrò", *The Jerusalem Post*, Jerusalem; Feb. 7, 1958.
M. Tal, *Haboker*, Jerusalem; Feb. 1958.
A. Ronnen, *Haaretz*, Jerusalem; Feb. 1958.
... "Ferrò", The Tél-Avi'v Museum; Mar. 1958.
B. Talphir, "Ferrò", *Gazith*, Tél-Avi'v; Apr. 1958.
A. Man, *Yediot Aharonot*; Jerusalem, Feb. 1958.
R. Delgado, "Ferrò, El extrano pintor islandés que crea el Hombre del Porvenir", *El Universal*, Caracas; Nov. 5, 1959.
G. Waldemar, "Mécamorphoses de Ferrò", Galerie Chirvan, Paris; Feb.-Mar. 1960.
H. Kréa, *Sens Plastique*, Paris; Apr. 1959.
A. Jouffroy, *Arts*, Paris; Feb. 1960.
M.C. Lacoste, *Le Monde*, Paris; Feb. 27, 1960.
R. Cogniat, *Le Figaro*, Paris; Feb. 18, 1960.
... *Arts* n. 767, Paris; Mag. 1960.
... *Journal de L'Amateur d'Art*: Le Salon Comparaison, Paris; Mag. 1960.
A. Jouffroy, "Ferrò", *Listamannaskain*, Reykjavik; Mag.-Giu. 1960.
R. de Solier, "Ferrò", *La Nouvelle Revue Française*, Paris; Giu. 1960.
S. Tenand, *La Tribune des Nations*, Paris; Ott. 5, 1960.
H. Kréa, *L'Arc* n. 10, Paris; 1960.
D. Chevalier, *Aujourd'hui* n. 30, Paris; Feb. 1961.
M. Valsecchi, *Il Giorno*, Milano; Gen. 25, 1961.
R. de Solier, "Ferrò", Galleria del Naviglio, Milano; Gen. 1961.
A. Jouffroy, "Ferrò, Moteur à Revolution", Galerie Raymond Cordier, Paris; 1961.
G. Mistretta, "Affari del Antiprocès", *Lo Specchio*, Milano; Giu. 25-26, 1961.
... "Sequestrati due dipinti in una galleria milanese". *La Nazione*, Firenze; Giu. 14, 1961.
A. Jouffroy, "Milan, Capitale de la Morale", *Combat*, Paris; Lugl. 10, 1961.
M. Courtois, "La Biennale de Paris", *Arts*, Paris; Ott.-Nov. 1961.
... "Ferrò, la Chiave per il Sistema Simpatico dei Nervi", Galleria del Cavallino, Venezia; Nov. 1961.
A. d'Ans, "Ferrò", Galerie Jean Dols, Liège; Gen.-Feb. 1962.
A. d'Ans, "Le peintre fantastique islandais G. Ferrò", Revue *L'Essai*, Liège; Gen. 1961.
M. Tal, *Haboker*, Jerusalem; Mag. 18, 1962.
R. de Solier, "L'Art Fantastique", Ed. J.J. Pauvert, Paris; 1962.
R. Lebel, "9 Peintres Neufs", Galerie du Cercle, Paris; Dic. 11, 1962.
Ferrò, "Mécanifest", Venezia; 1962.
A. Jouffroy, "Ferrò", *Arte Figurativa* n. 57, Milano; 1962.
M.C. Lacoste, "Les Détentes du Salon de Mai", *Le Monde*, Paris; Mag. 3, 1963.
... "Ferrò", Galerie Sydow, Frankfurt Am Mein; Ott. 1963.
A. Jouffroy, "G. Ferrò", Galerie Saint-Germain, Paris; Ott.-Nov. 1963.
... "Ferrò", *L'Express*, Paris; Nov. 7, 1963.
... "Ferrò", *Arts*, Paris; Nov. 27, 1963.
... "Ferrò", *Le Monde*, Paris; Nov. 8, 1963.
E. Geier, "Galerien-Galoop", *Abendpost* n. 245, Frankfurt Am Mein; 1963.
... "Ferrò, Verkaufliche Vut", *Frankfurter Rundschau*, Frankfurt Am Mein; 1963.
... "Ferrò, Meccanismo n. 2", Catalogo, Venezia; 1963.
... "Vélar Taka Râdin" *Timinn*, Reykjavik; Mag. 26, 1963.
... "L'Appétit est un crime". *Morgunbladid*, Reykjavik; Nov. 27, 1963.
G. Marmori, "Pop Art", *Il Mondo*, Milano; Dic. 3, 1963.
R. de Solier, *Arts*, Paris; Dic. 25, 1963.
G. Stein, *Gallery*, New York; Mar. 7, 1964.
E. Roditi, *Art Voices*, Paris; Gen. 1964.
K. Harris, *Harpers Bazar*, New York; Mar. 1964.
C. De Castillo, *Candide*, Paris; Lugl. 1, 1964.
B. O'Doherty, "Headaches and Tranquilizers", *The New York Times*, New York; Mar. 29, 1964.
... "G. Ferrò", Galerie Jacqueline Ranson, Paris; Nov. 5, 1964.
M. De Micheli, "L'America allegra di Ferrò", *L'Unità*, Milano; Nov. 21, 1964.
A. Jouffroy, "Une Révolution du Regard", Ed. Gallimard, Paris; 1964.
... *Mizue* n. 717, Tokio; Nov. 1964.
... "Ferrò", Galleria Schwarz. Milano; 1964.
S. Frigerio, "Têtes composées", Les Beaux-Arts, Bruxelles; Nov. 1965.
H. Kréa, "Une couleur tombée du ciel". Galleria L'Attico, Roma; Mag. 1965.
V. Petursson, "Ferrò", *Morgunbladid*, Reykjavik; Giu. 3, 1965.
K. Zier, "G. Ferrò, Mondo Cane à Islandi", *Visir*, Reykjavik; Giu. 4, 1965.

"Gott et folk gaeti", *Timinn*, Reykjavik; Giu. 9, 1965.
... "Ferrò", *Listamannaskalinn*, Reykjavik; Giu. 1965.
G. Gatellier, "Peut-on encore faire de la peinture?", *Arts*, Paris; Nov. 17-23, 1965.
H. Juin, "Ranlagh", Galerie Jacqueline Ranson, Paris; 1965.
Rowholt, "Happenings", Hambourg; 1965.
J. Michel, *Le Monde*, Paris; Nov. 19, 1965
P. Mazars, *Figaro Littéraire*, Paris; Nov. 25, 1965.
H. Kréa, *Droit de vivre*, Paris; Dic. 1965.
J.W., *Le Figaro*, Paris; Dic. 7, 1965.
E. Alvaro, *Republica*, n. 110, Sao-Paulo; 1965.
A. Tronche, *Fiction*, Paris; Gen. 1966.
G. Gassiot-Talabot, *Art International*, Locarno; Gen. 20, 1966.
J.J. Levêque, *La Galerie des Arts*, Paris; Feb. 1966.
J.J. Lebel, "Le Happening, Ed. Denoel, Paris; 1966.
Ferrò, "Pope Art", Spanga Församlingshus; Sett. 10, 1966.
A. Jouffroy, "Kunst unserer Zeit", Ed. Dumont, Köln; 1966.
J. Verbrugghen, "G. G. Ferrò", Galerie Kaleidoskoop, Gent; Nov. 25, 1966.
M. Rheims, "Catalogue Bolaffi", Paris; 1966.
J.J. Lebel, "Ferrò", Galleria Schwarz, Milano; Mar. 1967.
F. Passoni, "Schwarz", *Avanti!* and *L'Unità*, Milano; Mar. 19, 1967.
N. Reyes, "Salon de Mai, Guests have begun", *National News*, Cuba; 1967.
... "Errò, Science fiction", Kunsthalle, Bern; Lugl. 8, Sett. 17, 1967.
A. Jouffroy, *Connaissance des Arts*, Paris; Ago. 1967.
J.J. Lebel, "Entervista con Ferrò", *Forma Neuva*, Madrid; Giu. 17, 1967.
... "Ferrò", Galerie Krikhaar, Amsterdam; Ott. 13 - Nov. 12, 1967.
... *Avenue*, Amsterdam; Dic. 1967.
... "Art et Contestation", Ed De La Connaissance; Bruxelles, 1968.
Projection du Film "Grimaces 1962-1967" de G. G. Errò.
A. Jouffroy, "L'homme qui a perdu son F", *Opus 5*, Paris; Feb. 1968.
... "El Islandés Ferrò", *El Universal*, Caracas; Feb. 12, 1968.
O. Hahn, "Les courts métrages sortent des tableaux", *L'Express*, Paris: Mar. 1968.
... "Adami, Ferrò, Guttuso", Fundacion Eugenio Mendoza, Caracas; Mar. 1968.
A. Jouffroy, "El Islandés Ferrò de la Nueva Escuela de Paris", *El Universal*, Caracas; Mar. 12, 1968.
... "Exposicion del Islandés Ferrò", *El Universal*, Caracas; Mar. 24, 1968.
J. Rial, *El Universal*, Caracas; Apr. 5, 1968.
B. Asgeirsson, *Morgunbladid*, Reykjavik; Sett. 16, 1968.
C. Millet, "Galerie C. Givaudan, Enquête", *Les Lettres Françaises*, Paris; Ott. 2, 1968.
... Editions Claude Givaudan, Paris; Ott. 15 - Nov. 9, 1968.
... "Images et illusions...", *Le Monde*, Paris; Ott. 31, 1968.
F. Pluchart, "Errò, sur l'œuvre unique", *Combat*, Paris; Ott. 28, 1968.
R. Cogniat, *Le Figaro*, Paris; Nov. 5, 1968.
G.G. Talabot, "Errò", *Art International*, Locarno; 1968.
A. Jouffroy, "Errò", A.R.C. Musée d'Art Moderne, Paris: Apr. 23, 1969.
P. Descargues, "Le vie des arts à Paris...", *La Gazette de Lausanne*, Lausanne; **Apr. 26.** 1969.
C. Millet, "Les mythologies d'Errò", *Arts*, Paris; 1969.
O. Hahn, "Otto Hahn a vu: Errò", *L'Express*, Paris; Mag. 5-11, 1969.
C. Bouyeure, *Les Lettres Françaises*, Paris; Giu. 30, 1969.
C. Millet, "De Courbet à Errò", *Les Lettres Françaises*, Paris; Lugl. 30, 1969.
... "Errò, Synir i Paris", *Morgunbladid*, Reykjavik; Sett. 11, 1969.
Gunnlaugsson, *Morgunbladid*, Reykjavik; Ott. 17, 1969.
O. Granath, *Dagens Nyheter*, Stockholm; Ott. 1969.
R. Sydhoff, *Svenska Dagbladet*, Stockholm; Ott. 16, 1969.
D.D., "Errò: Collage+Litho", *Connaissance des Arts*, Paris; Dic. 1969.
... "3515 ERRO", Ed. Claude Givaudan, Paris; Dic. 5, 1969.
U. Kultermann, "Neue Formen des Bildes", Ed. Dumont, Köln; 1969.
G. Gassiot-Talabot, "Errò en Liberté", *Opus International*, Paris; 1970.
J. Applegate, *Art International*, Locarno; Mar. 20, 1970.
... *Lesbòk Morgunbladsins*, Reykjavik; Sett. 27, 1970.
... "Gudmundur Erró", Galerie Östergren, Malmö; Nov. 21, 1970.
J. Peignot, "Le Français des Valeurs", *L'Art Vivant*, Paris; Mar. 1971.
A. Jouffroy, "Errò's Place in the Contemporary World", *Art International*, New York; Mar. 20, 1971.
... "G.G. Errò 1971", *Lesbòk Morgunbladsins*, Reykjavik; Giu. 1971.
H. Ohff, "Shöne, verwirrte Welt", *Der Tagesspiegel*, Berlin; Sett. 9, 1971.
L. Schauer, "Herrlich Ihre Fabelwelt", *Die Welt*, Köln; Sett. 15, 1971.
P. Descargues, "Jérôme Bosch, les historiens: Arman et Errò", *Arts*, Paris, Mag. 24, 1972.
... "Errò, Rote Garde in einem amerikanischen Interieur", *Das Kunstwerk*; Mag. 1972.
... "Errò", Art-Club, Antibes; Lugl. 16, 1972.
... "Exposition Errò", Galerie 3 Laplace, Paris; Nov. 13 - Dic. 13, 1972.
Jean Clair, "Art en France une nouvelle Generation", Ed. du Chêne, Paris; 1972.
... "Errò...", *Morgunbladid*, Reykjavik; Nov. 1972.
..."Errò", Musée Galliéra, Paris; Feb. 13-14, 1973.
... "Errò-éclair, Musée Galliéra", *Le Monde*, Paris; Feb. 14, 1973.
R.J. Moulin, "Errò, Rancillac, Télémaque", *Les Arts*, Paris; Mar. 27, 1973.
M. Perazzi, *Corriere d'Informazione*, Milano; Ott. 19, 1973.
M. Valsecchi, "Anti-arte", *Il Giorno*, Milano; 1973.
G. Cregut, Galerie Soleil, Paris; 1973.
Burklin, *Die Welt* n. 232, Köln; 1973.
A. Jouffroy, "Les Visionneurs", Galerie 15, Basel; 1973.
Alfredson, *Bangkok Post*, Bangkok; Mar. 3, 1974.
G. Gassiot-Talabot, "Paris", Kunstzene; 1973.
O. Hahn, *L'Express*, n. 1162, Paris; 1974.
A. Tronche, "L'Art Actuel", Ed. Balland, Paris; 1974.
G. Gassiot-Talabot, Galerie Vega, Liège; 1974.
L. Gloser, *Suddeutsche Zeitung*, München; Apr. 11, 1975.
... *La Voix du Nord*, Lille; Apr. 4, 1975.
E. Beauchamp, *Frankfurter Allgemeine Zeitung*, Frankfurt Am Mein; Apr. 17, 1975.
A. Jouffroy, "Les Pré-Voyants", Ed. De La Connaissance, Bruxelles; 1975.
P. De Fretiere, *La Voix du Nord*, Lille; Apr. 19, 1975.
J. Martin, Catalogue C.N.A.C. Travelling Exhibition de Errò, 1975.
A. Jouffroy, Catalogue de Europalia, Palais de Beaux-Arts, Bruxelles; 1975.

Di quest'opera d'arte editoriale sono stati stampati N° 5.000 esemplari di cui 300 corredati da una litografia 1/100 numerata e firmata dall'artista.

ESEMPLARE N°

Finito di stampare nel 1976 per conto della Pre-art - Milano dalle Officine Grafiche Alfieri & Lacroix
S.p.A. di Settimo Milanese - Milano